初心、忘るべからず

青木 恵

Megumi Aoki

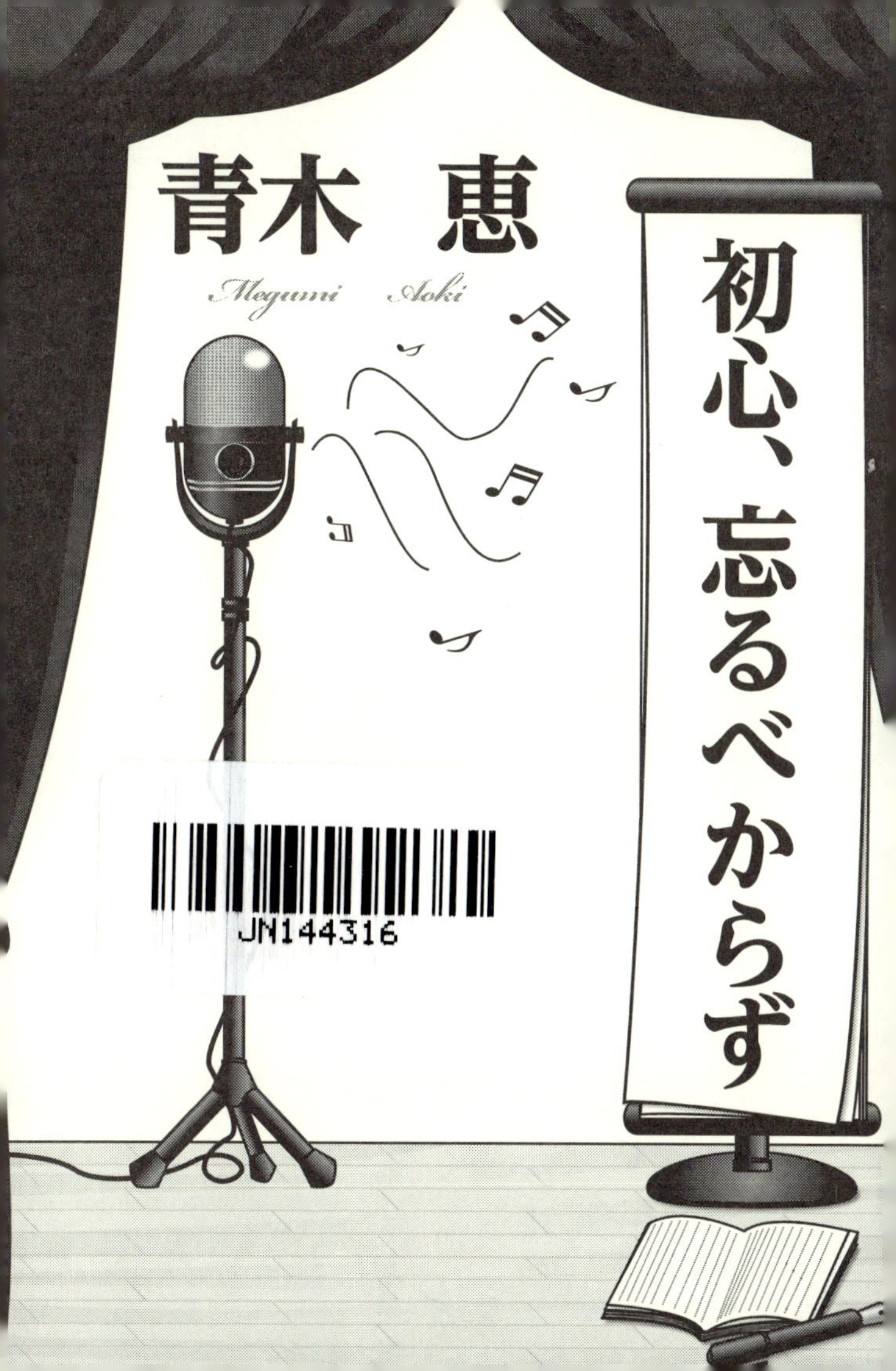

初心、忘るべからず　目次

初心、忘るべからず

午後のお笑い芸人

『銀河お笑いクラブ』続編

プロローグ

夜中、暗闇の中で、僕は相方の樋村の寝息を聞いていた。
(僕たち、これからどうなるんだろう)
こう思いながら吐いた自分の息が、重く感じられた。
樋村が急に寝言を言った。
(こいつも人知れず悩んでいるのかな)

第一部

第一章

1

「銀河《ぎんが》お笑いクラブ」略して「ギンショウ（銀笑《ぎんしょう》）」というコンビ名で、相方とふたり、ここまで十年間お笑いをやってきた。

「芸は売っても、生き方は安売りしないぜ」と言いながら、生きてきた。

いつでも、「精神の貴族」を目指して、ここまできたんだ。

相方の樋村《ひむら》は、現在は僕のアパートに住み、「主夫《しゅふ》」のようなことをしていた。つまり、炊事、洗濯、掃除、買い物、その他雑事を担当してくれていた。

彼の作る食事はおいしくて、特にパスタ類がよかった。「ミートソース」も「カルボナーラ」もひどくよかった。

全体的に、僕の作るものよりずっとおいしかったので、それはそれでよかったのだけれど……。

ここで、問題（?）が起きてしまった。

――僕の書くシナリオが売れ始めたのだ――

去年の「ギンショウ」の単独ライブを、あるテレビ局のプロデューサーが偶然観てくれたことから、すべては始まった。「夏の青空のようなスカッとしたドラマを書いてください」というオファーが来たのだ。

僕は青春モノの『夢は甲子園』というドラマのシナリオを提出してみた。シナリオに目を通したプロデューサーはすぐさま気に入ってくれ、売れっ子のアイドルを主役に据《す》えて、ドラマの制作を始めた。このアイドルは、『メンズ・リア』というファッション誌で一躍有名になった、二十歳の中田陽樹《なかたはるき》だった。

　樋村は、配役を知ったときに、目を丸くしていた。

「おい、この中田陽樹ってヤツ、今すごい人気だぜ。こいつを使うとはね。「恐《おそ》れ入《いり》谷《や》の鬼子母神《きしもじん》」だな。こいつを使うだけで、確実に視聴率高くなるし、ホン（原作本）も売れるな」

　僕は苦笑して「元《もと》は僕のシナリオなのに、アイドルで決まっちゃうのかよ」とつぶやいていた。

「仕方ないよ、世の中そんなものなんだからさ」

「カメラの前で、人形のようにポーズとってたヤツが急に演技なんて、大根に決まってる。期待できないな」

「うん。お前の気持ちはわかるよ。でも、そこのところは抑えて抑えて」

「あーあ」

「だけど、そのアイドルだってすぐに売れなくなるかもしんないんだから、現実は厳しいもんだぜ」

　樋村は僕の機嫌を取ろうとしたのか、こう言った。

　それからしばらくすると、別のテレビ局のプロデューサーから、僕のケータイに連絡が入った。

　僕が、電話口で緊張しながら話していると、プロデューサーは言った。

「尾崎君、君の『夢は甲子園』観たよ。とってもよかったよ。君は、甲子園モノが得意なのかな」

「甲子園をテーマにするのは好きですけど、別に甲子園が出てこなくても大丈夫なんです。学校を舞台とする青春モノ全般が、僕の活躍できるフィールドだと思っていますから……」

「ソレって、すごくいいね」

「そうですか。そんなふうに言われると、感激です！」

「学校を舞台とする青春モノっていうと、ドラマ化するときに当代《とうだい》切《き》ってのアイドルを、主役にできるじゃないですか。脇は、これから売り出したいと思う若手で、固めればいいと思うし」

「……はぁ、ありがとうございます」

「ところで、一回四十五分で三週連続のドラマなんだけど、なんとかならないかな」

「えっ、あっ、はい、書き溜めておいたシナリオがあります……けど。おこがましいようですが、そんなモノなんかでどうでしょうか。と、ここで、ご提案させていただきたく存じます」

一押しも二押しもしなくてはと、慌ててしまい、バカ丁寧な口調になっていた。この言い方には、自分でも少しおかしくなり、軽い笑い声を立ててしまった。

それでも、しっかりと自分を売り込む。

「それを、見ていただけたら、本当に光栄なのですが……」

「ソレ、どういうの？」

「『延長十五回』っていう甲子園モノです」

「『延長十五回』か。熱いドラマがあるんだろうなって、タイトルから伝わってきて、すごくいいね」

「恐縮です。今夜もう一度見直しをしますので、明日お渡しできると思います。そちらにお持ちします」

「スピーディなところがいいねぇ、若いライターらしくて」

「ありがとうございます」

「じゃ、明日。楽しみにしてるから」

2

シナリオの依頼は、一度入り始めると、次から次へと来るようになった。

僕はパソコンを立ち上げては、前に書いておいたシナリオを順番に呼び出した。

『延長十五回』の次には、『ジェントル監督』という高校野球モノを、世に送り出した。

書き溜めておいた作品も、いつまでもあるわけではない。底をつき始めると、新しいものを生み出さなければならなくなる。

僕が真剣にパソコンに向かっていると、樋村がコーヒーを淹れてそばまで持ってきてくれた。

「このパソコンから、どんどん作品が生まれていくんだね」

彼は話しかけてきた。

「……？」

僕は、返事にならないような返事をしていた。

「な、俺さ、もう一度大学受けてみようか、って思ってるんだけど……」

彼は控え目に言った。

「……え？」

僕は、画面から目を離さずに尋ねた。

「なんかさ、お前がこうやってシナリオ書いてるの見てるとさ、俺も何かやってみようって思うようになるんだ」

「そう……か。だけど、お前、僕と一緒にお笑いやるって言ってたじゃないか。僕とのお笑いほど大切なものはない、って言ってたよ」

「うん、そうだよ。その気持ちはもちろん今も変わらないさ」

「確かに僕、ここんとこシナリオの仕事が忙しくなっちゃったけど、僕の基本はお笑いだからな。そこのところはしっかりとわかっていてほしいんだけど」

僕がこう言うと、樋村は「違う、違う」というように、首を振りながら続けた。

「俺、別にひがんで言ってるわけじゃないんだ。もちろんお笑いはやるさ、大好きだから。だけど、もっといろんな世界を知った上で、もう一度挑戦してもいいかなって思ったんだ。お前にぶら下がっているだけじゃなくて、俺も自分を底上げしたいんだよ。お前はシナリオの仕事をガンガンやっててくれよ。必ずもう一度一緒に舞台に立てるように、俺がんばるからさ」

「うん、うん、お前の気持ちはよくわかったよ。お前、立派な考え方してるんだな」

「ありがと。お前に誉められると、ものすごく勇気が湧いてきちゃうよ。これも、息の合ったコンビだからなんだろうな」

「そうなんだろうな」

「今夜から受験勉強始めるわ、俺」

樋村は、やる気十分という意気込みで言った。

第二章

1

年が明けて、往《い》ってしまう月である一月が往き、逃げる月である二月が過ぎ、去っていってしまう月である三月も半ばになろうとしていた。

僕は、相方の目指す大学の合格通知を心待ちにしていた。

だが、はっきりと口に出して「受験、どうだった？」と訊けずにいた。

すると、ある夜、相方が大きい封筒を、僕の目の前に差し出した。

それは、「明鏡《めいきょう》止《し》水《すい》大学《だいがく》」の合格通知とそれに付随《ふずい》した書類だった。明鏡止水大学は新し目な大学ではあったが、偏差値は決して低くないところだった。僕がＡＯ入試で受かったS大学よりも、十ポイント上だった。

僕はびっくりしてしまって、目が点になってしまった。

「お前、明鏡止水大なんか受けてたのか。それで受かっちゃって、ずいぶんやるじゃないか」

「まぐれで受かったみたい」

樋村は謙遜している。

「まぐれじゃないだろ。一生懸命勉強したんだろ」

「ラストの一ヶ月だけは必死でやったけど、あとは適当に手抜いてやってたよ」

「そうか。だけど、この大学って、ここから割りと遠いだろ。住むところはどうするんだ？」

「明鏡大の近くにアパート借りてもいいし……」

「アパート借りる金なんか持ってんのか？　と言うより先に、大学の入学金や月謝は出せるのか」

「親が援助してくれそうなんだ。……うちの親、本気で俺に大学に行ってほしかったみたいでさ、結構喜んでくれてるんだ」

「へぇ、親孝行できたんだな」

「うん、まぁ、やっとこね」

樋村は気持ちのいい笑顔を浮かべた。

「これからは、親子の仲がうまくいきそうなのか。よかったな」

僕も嬉しくなっていた。

「今更で、ちょっと恥ずかしいけど」

2

ところが、それから二日後、相方がそわそわしていた。

「さっきから挙動不審だな、お前。どうかしたか」

「……それが、親から入学金としてもらったお金がなくなってるんだ。どうしちゃったのか、わからないんだ」

「大変なことじゃないか。よく捜したのか」

「もう一回、持っていたバッグを調べてみるけど」

「うん、そうしてみた方がいいと思うよ」

樋村は、バッグの中身を全部テーブルの上に出した。

それでも見つからなかったようだ。

「落としたなんて考えられないんだ。だから、盗られたのかもしれない」

「盗られたって、お前、思い当たることがあるのか」

「うん。昨日、駅前で突然ぶつかってきた人がいたんだ。その後だったよ、金がなくなったのは」

「その人が、スリだったってことか」

「そうだったんだと思う。でも、金がなくなってることに、すぐに気づいたわけじゃないんだよ。そのときはぼんやりしてたから」

それから、遠慮がちの声で言った。

「入学金の締め切り、明後日《あさって》までなんだよな。このまま出てこなかったら……悪いけどさぁ、一時的にお前、貸してくれないかな?」

「それは……もちろん、いいけど」

「悪い。やっぱり頼りない最低な相方だな、俺って」

「誰にだって失敗はあるさ。だから、そんなに自分のことを卑下《ひげ》しなくていいよ」

「でも……。うん、わかった。ありがと。恩に着るよ」

「だけど、今月の家賃すぐには払えなくなるから、大家さんに待ってくれるように頼まなきゃ」

「そうか、ホントに悪いな」

「仕方ないよ」

「食費にもひびくのか」

「うん」

「じゃ、俺、いつもの月より食費多く出すよ」

「大丈夫か？」

僕は一瞬だけだったが、相方の言葉を真に受けた。

「うん。と言っても、千円だけだけど」

「やっぱり、その程度か。男なら、一万くらい多く出してみろよ」

「そんなこと無理だよ」

「わかってるよ」

「じゃ、思い切ってキャベツダイエットでもやる？」

「やだよ」

「りんごダイエットは？」

「やだ。できないことを言うなよ。お前、できるのか」

僕は、少し強い語調で訊いた。

「自信ない」

樋村はしょげて答えた。

「ほら、そうだろ。それでさ、大家さんには……」

僕が言いかけていると、僕のケータイが鳴った。

画面を見ると、「夜間金庫・久賀さん」の文字が出ていた。久賀さんというのは、最近知り合った、プロダクションの先輩格の人だ。彼は「夜間金庫」という名前で、斉木さんという人とお笑いをやっていた。

第三章

1

「はい、もしもし」

僕はよそいきの声で出た。

「『夜間金庫』の久賀だけど、尾崎君かな」

相手は、僕以上に気取った声で言っている。

「はい、そうです」

僕も再びすまして答えた。

「有望株の尾崎君だね？」

有望株？　予想もしなかった言い方をされて、「……」と返答に詰まってしまった。

久賀さんは僕のとまどいがわかったのか、笑っていた。

「今夜、時間ないかな。君のような将来有望なシナリオライターと、これからの日本のシナリオについて話し合いたいと思うんだけど」

久賀さんは、まだ笑っている。

「僕は……もちろん今夜空いています」

「そう。じゃ、相方の樋村君と一緒に、吉祥寺の『和人《わびと》』に来て。『和人』って知ってるよね」

「あんな高級そうなお店、入ったことはないですけど、場所はわかります」

「高級でもないよ。俺がバイトしてたところだから、高《たか》が知れてるよ。……そこに、七時に来て」

久賀さんは笑い続けていた。

「はい、わかりました。お誘い、ありがとうございます」

電話を切ると、僕は樋村に言った。

「『夜間金庫』が、僕たちのことを夕食に誘ってきてくれたよ。もちろん、お前にも来てほしいってさ」

「俺も行っていいの？」

「いいよ」

「ここのところ、あのふたりとあんまり話してなかったから、緊張するよな」

「これで、一食、食費浮いたね。なんていう言い方はよくないかな。俺たちは精神の貴族なんだもんな」

「ホントにごめん。元はと言えば、俺が金を落としたことがいけなかったんだから、申し訳なくて、穴があったら入りたいよ」

「ま、もうよそう。……だけど、『夜間金庫』の久賀さん、声がメッチャ明るかったなぁ。笑ってたし、何かいいことあったのかな」

「『大人キュート』の田沼さんが逮捕されたことが関係してんのかもよ」

「そんなこと……なのか」

「久賀さんの芸に、田沼さんがイチャモンつけてたらしいから」

「お前、よく知ってるな」

「俺ら、この間『夜間金庫』の裏方やりにいったじゃん。あのとき知ったんだ」

「こっちは、気がつかなかったよ」

「お前は一生懸命自分に与えられた仕事をしてたから、耳に入らなかったんだよ。その点、俺は何か珍しいことはないかと、キョロキョロしてたから」

（ああ、そうだった。樋村は、昔から案外俺の気がつかないことに目端《めはし》の利《き》くヤツだったっけ）と、僕は思った。

　改めて、樋村に尋ねた。

「久賀さんと田沼さんって、そんなに相性悪かったのか」

「かなりな。後からデビューした『夜間金庫』が『大人キュート』を追い越してったから、『大人キュート』は面白くなかったんだって」

「でも、別に追い越し禁止じゃなくて、お客さんの反応次第だもん。しようがないよな」

「しようがない、しようがない。『夜間金庫』の久賀さんは清潔感があって、誠実そうな感じだから、そういう顔が女性にウケてるみたいでさ」

「うん」

「だったら、俺は不潔感があって、あつかましそうに見えるから、不利だな」

　樋村は謙遜して、自分の顔を悪く言った。

　僕は彼の言葉を否定した。

「お前の顔？　お前の顔はちっとも悪くないと思うな。むしろいい顔の部類に入ると思うよ。特に、目がかわいらしいし」

「そうか、ありがと。そういえば、お前、高校時代の俺に惚れたんだよな？　それで、コンビになってくれって、交際を申し込んできたんだっけな」

「まだ言ってるのか、ソレを」

僕は苦笑した。

「お前にはシナリオライターって道があるからいいけど、俺にはお笑い芸人っていう道しかないいんだぜ」

樋村はひがんでいるようなことを言った。

「何を言ってんだ。お前はこれから大学に入学して、四年間勉強に励むんじゃなかったのか」

「そうだった、そうだった。ゴメン。俺の前にも〝広大《こうだい》な道〟は開けていくんだった」

「おい、おい、そんなに大事なことを忘れるなよ」

「は〜い」

「何だよ、こんなときにまでふざけて」

「またまたゴメン。はい！」

2

僕たちは〈和人〉に着ていく洋服のことで悩んでいた。

自分たちが持っている洋服の中で、一番お洒落に見える「お出かけ服」というものを押し入れの中から出し合った。

「お前、それ、高校時代の詰め襟じゃん」

樋村が〝昔過ぎるもの〟を出してきたので、僕はちょっと驚いた。

「へへへ。俺の一番いい時代の服」

「お前、過去の栄光にすがりつくのはいい加減にしろよ」

僕も笑いながら言った。

結局、ライブの最後の挨拶のときに着る服で行こうということに決まった。それは、一応上下揃いのスーツだった。が、古着屋で買ったものだったので、買ったときから表面は毛羽立《けばだ》ち、色は少し褪《あ》せていた。

「これには、ラメ入りのネクタイが合うんだけどな。でも、キメキメ過ぎちゃうと先輩たちに失礼に当たるから、今日は地味目なネクタイにしておこう」

僕は数本のネクタイを手に持っていた。

樋村も調子を合わせた。

「先輩たちより目立っちゃ、具合悪いからな」

3

僕たちふたりは、久賀さんが売れていないときにバイトをしていた〈和人〉という居酒屋に、夕方七時に着くように家を出た。

「夜間金庫」のふたりは地味な普段着で、先に来て待っていた。

久賀さんが面白そうに僕たちを見ながら、誉めるように言った。

「ギンショウの君たちはスーツで来たか。スーツ姿がカッコいいな。板についているよ」

「そんなことないです。着慣れないものを着ちゃって、調子出ないです」

樋村がぼそぼそとした声で返事をした。

「今夜はお招きいただいて……」

僕が挨拶をしかけると、久賀さんがそれを遮って言った。

「今夜は無礼講《ぶれいこう》でいこう。だから、堅苦しい挨拶は抜きだ」

頼り甲斐のある先輩らしい言い方だった。

「はい」

僕も樋村も素直に返事をした。

焼き鳥と焼きそばと焼きうどん、それに焼きおにぎりと焼き魚と、「焼き」のつく料理ばかりが、テーブルに並んだ。この手のものは、久賀さんの好物のようだった。

(売れてきても、注文するものは変わらないんだな、この先輩の場合)

僕は心の中でだけだが、哀れんでしまった。

飲み物は、ビールだった。

「夜間金庫」のふたりは、アルコールに強いようだった。

「尾崎君と樋村君は、最近、いいことあった?」

久賀さんは明るく尋ねた。

「それが……」

樋村は「言ってもいいかな?」というふうに、僕の顔を見た。

僕は曖昧な感じで黙っていた。

すると、樋村が「俺たち向こう一か月間は倹約倹約でいかなくてはならないんですよ」と言ってしまった。

「え、え……？」

久賀さんは樋村の言葉に敏感に反応した。

「倹約って、いつだってお笑い芸人は倹約の精神でやっていかなきゃならないもんだろうよ」

「それはそうなんですけど……」

樋村が大汗をかいていることは、容易に想像できた。

「何か特別に倹約しなくちゃならないような、重大事件でも起こった？」

「ええ、まぁ」

樋村は、根が正直者にできていた。

僕は「どうなることやら」と思いながら、彼と久賀さんの顔を交互に見ていた。

樋村は遂に、入学金を失《な》くしたことを話しはじめた。

「実はですね、僕、大チョンボをしてしまいまして……」

久賀さんはその話に興味を持った。

乗り出さんばかりにして訊く。

「それは大変だな。それって、いくらくらいなのかな？」

「えーと、それは……それは」

樋村は緊張しているのか、なめらかに言葉がでてこない。

樋村に代わって、僕が話し始めた。

「三十万円です」

「明鏡止水大学の入学金って、三十万円か」

久賀さんはため息混じりに言った。

「そんなわけで……俺たち、急に金欠になっちゃって。だから、今夜、こうして先輩方に夕食に招いていただいたことは、すごく嬉しいし、助かるんです」

僕は模範的な後輩らしくしていた。

「それじゃ、その三十万円……俺が貸そうか？」

「そんなこと、悪くてできません」

僕は即座に答えた。

「気兼ねしないでいいよ。出世払いでいいから」

「でも……」

「そのくらいの額なら大丈夫なんだよ」

「……悪いです」

「今日は俺たち夜間金庫にとって、すごくいい日なんだ。気分が高まってるんだ。だから、何かいいことをしたいんだよ」

「……」

「君たち、俺たちに人助けをさせてくれないかな？　人助けって、できそうでできないことなんだよ」

「そうですか。……それじゃ、今夜は、僕たちギンショウは本当にラッキーだと言えそうですね」

「その代わりと言っちゃなんだけど……君の次のシナリオがドラマになるときに、俺を主役として使ってほしいんだ」

「え？」

僕は一瞬、頭の中が混乱した。

久賀さんは「へへへ」と笑いながら、続けて言う。

「ギブ・アンド・テイクでいかないか。俺、演技デビューしたいんだけど、どう売り込んだらいいのかわからなくてね」

「僕のシナリオのものが、先輩のデビュー作になるってことですか。僕のものなんかでいいんですか」

「もちろんだよ。いいも悪いもないよ。御《おん》の字だよ。だってさぁ、何かきっかけがなくちゃ、話にならないじゃないか。君の今度ドラマ化される作品って、何ていうタイトルだったっけ?」

「『ジェントル監督』です。だけど、この作品の主人公は、全然野球がうまくないんですよ。その上、優柔不断な性格で……そんなんでいいんですか」

「うん。他人からは、俺って気が弱そうに見えるらしいんだ。だから、そういう監督の役でいいと思うな。きっと、ピッタリだよ」

久賀さんがこう言うと、斉木さんも言う。

「確かに、お前にはまり役だな。お前のためにある、って言ってもいいような作品だよ、その『なんとか監督』ってのは。それから、尻馬《しりうま》に乗っちゃうみたいで悪いんだけどさぁ、この俺にできそうな役ってのはないかな。もしあったら是非紹介してほしいんだけど」

「そうだよな。お前も、俳優業もできる芸人になっておいた方がいいもんな。お笑いだけの芸人で通すというより、演技ができる芸人になっておいた方がいいよ。な、そういうわけだから、よろしく頼むな、尾崎君」

久賀さんは、斉木さんに同意するような感じを装いながら、さりげなく僕に対して圧力をかけていた。

「はい……」

「ホントに頼むぞ、尾崎君」

「はい、わかりました。心がけておきます」

僕は、なるべく感情を表に出さないようにしていた。

それでも、久賀さんは僕の気持ちをくみ取ろうとしているように見えた。

「その返事、承諾してくれた、と受け取ってもいいのかな」

「……はい」

「俺のことを、ずるい人間だと思ってるだろう？」

「いえ、別に、そんなふうには思っていません。ホントにお役に立てたら、それは嬉しいんですけど」

「じゃ、樋村君の方はどう？　俺のことをずるいと思うかな？」

「いいえ、むしろ親切な人だと思います。ずるい人間が、俺たちにお金を貸してくれるはずはありません」

こう言う樋村の顔がこわばっていたので、僕は心配した。彼はひどく正直だから、心にないことを言うときは、表情筋がスムースに動かなくなってしまうのだ。

久賀さんは、樋村の様子が変わったことに気づいたのだろう。

こう言った。

「無理して言わなくてもいいよ。……俺もね、最初はこんなにごり押しするような人間じゃなかったんだよ。この業界にいるうちにだんだんと変わっていったというのかな。ね、わかるだろ、尾崎君?」

「は……い。僕たち、先輩のことを誠実で真っ正直な人だと思っています。この気持ちは、これからもずっと変わらないと思います」

「未来永劫《みらいえいごう》……変わらないのか」

「は……い」

「いや、冗談だよ。悪かったな、からかうようなことを言っちゃって」

「いえ、いいんです」

僕は手のひらに若干の汗をかいていたが、明るい声を出すように努めた。

久賀さんはホッとしたように言った。

「じゃ、明日、お金をおろしておくから、樋村君、あけぼののテレビの楽屋まで取りに来てくれないか。明日は『流行歌・歌合戦』の収録が午前中からあるから」

4

アパートに帰ってくると、僕も樋村もぐったりしていた。

楽しく過ごせると思って——そう期待して行ったのだが、やはり先輩芸人は変化していた。売れてきた結果なのだろうか。

「あの先輩、変わったね。俺の言ってるのは、どっちの先輩かわかるよね」

樋村が訊いた。

僕はうなずいた。

「うん、わかるよ。久賀さんの方だろ？　変わってたね。前に会ったときは生一本《きいっぽん》って感じの人だったのにね」

「寂しいね」

「やっぱり最初のままではいられないんだろうな、こういう世界では」

「そこいくと、俺たちのまわりって平和みたいだね。取り立てて、イヤなことなんて

「……あ、起こったか、ごめん」

「三十万円失くしちゃったから、全然平和じゃないよ」

僕は、三十万円という言葉を出した。

「ごめん、俺のせいだね」

樋村は、一気にしょぼんとしてしまった。

僕は悪かったと思い、すぐにこう言い直した。

「いや、こっちこそ、ごめん、だよ。お前が嫌がることをわざと言っちゃったよ」

「いいけど」

「ごめん。さっきのお前の言うことにちゃんと答えるな。それは、僕たちがお笑い芸人として、売れてないからだよ。なまじ売れると、足を引っ張ろうとする人が出てくるんだよ。そういう人とたたかっているうちに、自分の方の根性が曲がっちゃう」

「うん。久賀さんもその口か。久賀さん、田沼さんが逮捕されて、楽しげだったね」

「田沼さんは、久賀さんにとって、邪魔者だったんだよ」

「邪魔者は、いつでも嫌がらせをするからな」

「嫌なものだよな」

「……じゃ、俺、明日あけぼののテレビに行ってくるわ」

「頼むな。何を言われても、へこむんじゃないぞ」

「ああ、わかってる」

☆

樋村は、久賀さんに借りた金を持って、明鏡止水大学へ入学の手続きをしに行った。

5

樋村は、手続きから帰ってくると、嬉しそうな顔で言った。

「やっと俺も大学生になれたよ」

「そうだな。よかったな」

「お前と対等の立場になれそうだ」

「僕を追い抜かしてもいいんだぜ」

「そんなぁ、尾崎先生」

「そう呼ぶのか。……それじゃ、お前は学生なんだから、社会人の僕の言うことは聞けよな」

「はい、はい。俺、大学入ってもお前とコンビなんだから、ずっとここから大学に通わせてもらうよ。……そうしても、いいですよね、尾崎先生？」

彼はここまでを真面目な顔で言って、その後の言葉を笑いながら言った。

「……あ、ひとつだけ追い抜かせることを思いついた。勉学の世界で追い抜かすっていう手がある」

「勉学か……」

「なんてな。お笑い芸人が勉学に励んでどうなるってもんでもないか」

「そんなことはないだろ。自分のしたことは自分に還ってくるんだから」

「そうか。そうだったな。だけど、『夜間金庫』は、お前をシナリオを書く人間として、利用しようとしてるよな」

「……やっぱり、そうなんだろうな」

「これから、お前、どんな内容のシナリオを書いていこうと思ってんの？」

「野球に限らないスポーツものとか、恋愛ものかな」

「ふうん。お前の書く恋愛ものって興味湧くな」

「恋愛ものは、古今東西書かれているから、難しいんだよね。陳腐《ちんぷ》な内容じゃ、『なぁんだ』って言われちゃうしな」

「たぶん、そうなんだろうな。お前も、ここが思案のしどころか」

「ま、がんばりますよ」

「お前なら大丈夫だろうよ」

「ずいぶん信用されてるもんだな」

「見てればわかるんだ」

第二部

第一章

1

ひと月ほどして、樋村の大学の入学式があった。

僕が「親の代わりにつきそってやろうか」と言うと、彼は「いいよ。お前はシナリオ書きに忙しいだろうから」と言う。

僕も半ば冗談で言っただけだったので、「そうか。じゃ、ひとりで行ってこいや」と軽く答えた。

彼の入った学科は、商学部だった。

樋村は気楽な感じで言う。

「電卓を叩いてればオーケーの科なんだ」

僕は驚いて言った。

「ホントにそんな科か？　それじゃ、数字に弱い僕にも務まるじゃん」

「そうだよ」

「へりくだって言ってるんだろ？」

「ううん、本当のことさ。あ、そうだ。お前、今度、授業に入り込んじゃえば？」

「そんなことできるのか」

「大勢学生がいるから、ひとりくらい入っちゃってもわからないよ」

「そうかな」

「うん。なんだか知らないけど、えらく老けた感じの学生も多いんだ。俺なんか老けてるうちに入らないくらいにね。……って言うのは言い過ぎかな？」

「今は生涯学習の時代だからな。みんな、機会があったら学びたい、と思っているんだろうよ」

僕は感心していた。

「シナリオ書くのに役立つかもよ。広くアンテナを張ってた方がいいだろ？」

樋村は、僕の食指《しょくし》が動くようなことを言った。

「この次は、商学部を舞台にして、シナリオ書いてみれば？」

彼のこのアイディアは、僕の気持ちにぴったりとマッチした。

2

樋村は、最初のうちは判で押したように早めに帰ってきていた。

だが、六月に入ると、ちらほらと遅い日が出てくるようになった。

（あいつ、彼女でもできたのかな）

僕はなんとなくそんなふうに思った。でも、尋ねるようなことはしなかった。

すると、ある日、樋村が照れ笑いをしながら切り出した。

「お前、恋愛もののシナリオ書きたいって言ってたよな？」

「ああ、言ってたよ。覚えてるよ」

「じゃ、とっておきのネタを提供しようか」

「とっておきの……ネタ？」

「うん。俺、教授のために、今ちょっと動いてるんだ」

「へぇ、ちっとも知らなかった」

僕は感心していた。

「特別に教授に頼まれちゃってね」

「お前、教授の覚えがいいじゃないか」

「同級生の中で年長の方だから、そのせいじゃないかと思うけど」

彼は謙遜していた。

「年のせいじゃなくて、お前の人柄がいいから選ばれたんだよ、きっと」

「商学部に、馬渡《まわたり》教授っていう人がいるんだけどね、その人の友だちの家の娘さんが交通事故に遭って、車椅子になっちゃったんだ」

「それは気の毒に」

「でも、リハビリすれば、元のとおりに歩けそうなんだ」

「それはよかったね」

「ところが、その娘さんから大事な友だちが離れていったんだ。それで、彼女はショックを受けて、リハビリを拒《こば》んだ。そこで、俺のようなお笑い芸人が必要となったのさ」

「彼女のかたくなった心を解《ほぐ》すためにか？」

「そうそう。俺がお笑いやってるって言ったら、ユーモアのある人だと思われて、彼女の病院に行ってほしいと言われたんだ」

「それで、帰りの遅い日があったのか」

「うん、病院に通ってた」

「それで、彼女の気持ちはほぐれそうか」

「もうほぐれたよ」

「早いな」

「それでな、おこがましいようだけど、俺とその彼女のことを脚色して使ってみないかなと思って……。お前、この間、恋愛もの書いてみたいって言ってたじゃん」

「ああ」

「俺ら、別にカップルじゃないけど、ホンの中では恋人同士にしてもらって全然構わないから」

「うん、ありがと。じゃ、そのネタはせっかくのものだから、小説に使わせてもらうわ」

「小説？　小説も書き始めたのか、お前？」

「うん、ごく最近からね」

「シナリオにでも小説にでも、好きに料理して使えよ」

「彼女とお前のこと、詳しいことを聞かせてくれよ」

「うん」


樋村は熱心に、自分たちのことを説明し始めた。

彼が話している間、僕はメモをとって聞いていた。

聞き終わると、僕は彼に訊いた。

「お前を、足が不自由な青年っていうふうに設定してもいいかな」

「それはいいけど」

「馬渡教授を猿渡《さわたり》教授にさせてもらうな」

「馬を猿にするのか、面白いな。それで、もう小説にできそうなのか？」

「まぁね。『細工《さいく》は流々《りゅうりゅう》、仕上《しあ》げをご覧《ろう》じろ』だよ」

「ワクワクするなぁ」

☆

僕は、樋村の話してくれたことに基づいて、小説を書いた。

この小説は、『文芸時間』という雑誌の企画している文芸コンクール「さざなみ大賞」に送ってみることにした。

「きっとうまくいくよ。楽しみだね」

のんきなところのある樋村は、もう賞に入るものと決めている。

「お前のそのプラス思考、つくづく羨ましいよ」

僕は苦笑いした。

エピローグ

「……お前の今度書いたものが小説だったなんて、『夜間金庫』の久賀さんが知ったら、びっくりもするし、がっかりもするよ、きっと」

樋村は愉しそうに笑いながら言った。

「何を書いたって、僕の勝手だもんな。誰にも文句は言わせないさ」

「お前、一段と強い人間になったな」

今度は、樋村は、深く心に感じ入ったように言う。

「だって、いろいろなことがあったけど、一生懸命やってきんだぜ、ここまで」

僕は自分の言葉に、「強くなるのは当然さ」というニュアンスを込めた。


僕と樋村は話し合っていた。

「早く『夜間金庫』に借りた三十万返さなきゃな。なるべく弱みは見せないに限るから」

「『夜間金庫』の久賀さんの今の性格は思ってたよりよくない、ってわかっちゃったからね」

「うん、残念だけど」

「残念だけどね」

「きっと、最初は違ってたんだと思うけど」

「そうだね、きっと」

「久賀さんは、俺たちにとって〝最後の砦〟とも言えそうな人だったのにな。〝他人の振り見て我が振り直せ〟だ。俺たちだけは、性格悪くならないようにしような」

「うん、しような。それから、先輩に限らず、他人には頼らないようにしようか？」

「それって、他人に頼らずに、自分がしっかりしていかなきゃならない、ってことなんだな？」

「うん、その通り。がんばっていこう！」

「がんばろう！　おう！」

　こうして、僕たち「銀河お笑いクラブ」は、コンビ結成後、何回交わしたかわからない誓いの言葉を力強く口にしたのである。

END

回　復

尾崎　厚《あつし》

プロローグ

社会構造学のゼミが終って、楕円形《だえんけい》のテーブルのまわりに座っていた学生たちが立ち上がった。彼らが私語を始めたせいで、今まで静かだった教室が急にざわめきだした。

健祐《けんすけ》も、自分の車椅子をテーブルから離そうとした。

すると、猿渡《さわたり》教授が、彼のそばへ来て訊いた。

「増田《ますだ》君、君、心理カウンセラー二級の資格を取ったんだってね？」

健祐は、突然の問いかけにちょっと驚いたが、笑顔で答えた。

「はい、取りましたが、よくご存じですね」

「うん、君は特にがんばってるから、みんなの噂になってるんだよ」

「そう……ですか」

「そうだよ。この大学では、目立つ存在だよ」

「ありがとうございます。でも、僕が目立つのは、車椅子だからじゃないですか」

健祐は笑って言った。

彼の笑いに卑屈さは含まれていなかったが、教授は気を回してしまったようで、言下《げんか》に否定した。

「違うよ、そういうことじゃなくて……。こも大学の学生たちは、言っちゃ悪いが、私の目からは、やや覇気《はき》がないように見えるんだよ。そういう学生たちが多い中で、君にはやる気があってスゴイと思っているんだ。素晴らしい人だよ、君は」

「ありがとうございます」

健祐は素直に礼を言った。

教授は突然声をひそめて言った。

「実は君に頼みたいことがあるんだ。今から私の部屋にきてくれないかな。あ、ごめん。次の講義があったら無理だね」

「いいえ、大丈夫なんです。次の時間は休講なので、時間はたっぷりあるんです」

健祐は教授ににっこりと笑いかけてから、慣れた手つきで車椅子をターンさせた。

彼が戸口のところまで車椅子を進めていくと、学生たちは道を開けてくれた。彼は笑顔で、皆の好意を受けた。

第一章

1

健祐が猿渡教授の部屋へ行くと、扉は半分開いていた。

「ごめんください」

中へ向かって声をかけた。

教授は出迎えた。

「増田君、呼び立てて悪かったね」

「いえ、そんなことはありません」

「そうかな」

「僕に気兼ねはしないでください。僕自身は、普段自分が障害者だということを忘れて暮らしているんですから」

「あ、そうなんだね。君は本当にしっかりしてるね。……障害者がみんな君みたいだったらいいのに」

「え、それはどういうことですか」

「いやぁ……ごめん。不用意なことを言ってしまったよ、ごめん。さぁ、中に入ってくれよ」

「おじゃまします」

健祐は、教授室と名のつくところに入るのは初めてのことだったので、緊張しながら入っていった。

教授は「リラックスしてね」と声をかけてくれた。

その後は、真剣な表情で言う。

「今日は、君にお願いしたいことがあってね」

「はい、どんなことでしょうか」

健祐は襟を正すような気持ちでいた。

「失礼なことを訊くようだけど、許してほしいんだ」

「はい……」

「……君の足の障害は、小学校の……？」

「はい。小学校の五年生の冬休みでした」

「五年生だったのか……」

「自転車に乗っていて、トラックにぶつかったんです。しばらくの間、トラックに引きずられました」

「ああ」

教授は天を仰いだ。

それから続けた。

「さぞや、怖かったろうね」

「はい。自転車になんてこだわらないで、早く乗り捨ててしまえばよかったんです。そういうところが子どもでした、要領が悪くて」

「そう……。とっさの判断は、大人でも難しいよね。ましてや、小学五年生では、もっとだね」

「そうですね。そう言って慰めてくれる人もいました」

「そうか。それからはかなり苦労したんだろうね」

「はい、三年間ほど治療とリハビリの日々が続きました」

「三年間って言ったら、中二の途中までか……」

「そうです。中学には出たり出なかったりでしたね。あまり思うようには勉強ができませんでした」

「……つらいことが多かったんだね」

「それはもう……。もう一度トラックに轢《ひ》かれて、今度こそ死んでしまおうと思ったことは、一度や二度ではなかったです」

「……でも、今は毎日元気に大学に通ってるね。外から見てると、すごく明るく見えるよ」

「……なんとか、強くなれました。もう死にたいと思うことはなくなりました」

「それは、本当によかった」

「でも、正直に言うと〝揺れ〟はあります。比較的元気の出ない日もあるんですよ」

「そんなふうには、まったく見えないね」

「そうは見えないように、これでも苦心しているんです」

健祐はおどけたように言い、声を立てて笑った。

猿渡教授は笑わずに、ほっとしたような表情を見せた。

少しの沈黙が生まれた。

2

それを破ったのは、健祐だった。

「あの……この僕にお願いがあると、さっき教授はおっしゃいましたが」

「そうなんだけど、本題に入る前に紅茶でも淹れよう。ちょっと待ってね」

教授はそう言いながら、本棚の隣にある食器戸棚からグレーの落ち着いた花柄のティーカップを取り出した。

紅茶を淹れ終ると、教授は「さてと……」という感じで健祐の前に座った。

健祐は、紅茶の色と香りを楽しんでいた。

教授は嬉しそうに、紅茶の説明をした。

「これはね、イギリスに住んでいる友だちが送ってくれたものなんだ。私が気に入ったと言ったらね、ときどき送ってくれるようになったんだ。飲んでみて、フルーティな味がするよ」

「はい、いただきます」

健祐は一口飲んだ。

「本当ですね。紅茶のことに詳しくない僕が言うのもおかしいですが……紅茶で、こんなに果物の香りがするなんて、びっくりしてしまいます。爽やかな味で、とても美味しいです」

「気に入ってくれてよかった。何杯でもお代わり自由だから、遠慮しないで、どんどん飲んでくれよ」

「ありがとうございます」

教授はゆっくりと話し始めた。

「……君に頼みたいことというのは、ある女性、その人は今高校三年生なんだけどね、その人を励ましてもらいたい、ということなんだ。広い意味では、こういうこともカウンセラーの仕事かな、なんて思ってね」

「そうですね、確かにカウンセラーの仕事に入りますね」

健祐がこう相づちを打つと、教授は満足げに微笑みながら続けた。

「私の親しくしている友だちの娘さんで、四ヶ月くらい前に交通事故に遭った人がいるんだ。その人が前途《ぜんと》を悲観して、全然リハビリをしないんだ。友だちも彼の奥さんも困っている」

「それで、足が悪くて車椅子に乗ってるこの僕の出番、と相成《あいな》りましたか」

今回も、彼は明るい口調で言ったつもりだったが、教授はそうは受け取っていなかった様子が見てとれた。彼が自虐的に言ったと思ったらしい。

教授は、軽く咳払いをした。

「それで、君にその彼女の病院まで行ってもらいたいんだけど、いいかな？」

「……はい。他人《ひと》のお役に立てるのなら、いくらでもどんなことでも、お引き受けいたします」

「そうか、そう言ってくれるのか。それはよかった」

第二章

1

健祐は、病院の入り口に来ていた。

中に入る前に、その建物を見上げた。大学病院だけあって、さすがに大きい。巨大、と表現してもいいかもしれない。

エレベーターホールで、彼は迷わずに患者・介護者用のエレベーターを選んで乗り込んだ。

六階整形外科で、彼は降りた。

病室は、635号室だ。エレベーターからかなり遠いところにある部屋だった。

彼はスルスルとなめらかに車椅子を移動させて、その部屋の前まで行った。

突然部屋の扉が開いて、年配の女性が出てきた。

「あ」

その女性は彼に気づいて、小さな声を上げた。

健祐は、彼女が目指す娘さんの母親のように思ったので、挨拶することにした。

「初めまして。僕は、所沢国際《ところざわこくさい》大学二年生の増田健祐です。今日はお嬢さんに会いに来ました」

「そうでしたか。初めまして。私は門田百花《かどたももか》の母でございます。……あ、ちょっとお時間をいただけますか。娘のことで、先にお話しておきたいこともありまして……」

「はい、わかりました。僕の方でも、お嬢さんとお会いする前に、お母様とお話しておきたいです。百花さんに関する予備知識を頭に入れておきたいですし……。予備知識なんていう言い方はおかしかったですね。すみません」

彼は少し照れて、頭を掻いた。

「いいえ、ちっとも。少し行ったところにデイルームがありますから、そこへ行きましょう」

母親は手で示した。

2

広いデイルームには、誰もいなかった。

健祐は腕時計を見た。一時を十五分ほど過ぎたところだった。昼食が終ってからあまり時間が経っていなかったから、大半の患者さんたちは自分のベッドで過ごしているのだろう。

母親と健祐は、窓の近くの席に座ることにした。

母親は「まぶしいのね！　世の中には、こんなにも光があふれているのにね！」と言いながら、窓の外を見ていた。

それから、小さなため息をつくと、日よけのルーバーを下ろした。

席に着く前に、母親は丁寧に挨拶をした。

「よくここまで来てくださいました。改めまして、門田百花の母の門田奈保子《なおこ》でございます」

「増田健祐です。よろしくお願いいたします。これから、百花さんとうまくおつきあいをしていけたらいいな、と思います」

「ありがとうございます。百花は事故に遭って足を悪くして、今はふさぎこんでいますが、本来は朗《ほが》らかで活発な子だったんです。リハビリをすれば、かなり足の具合はよくなると、主治医の先生は言ってくれているんです。それなのに、あの子はなぜか一向にリハビリをしようとしません」

「僕は、百花さんにリハビリをするように勧めればいいんですね」

「ええ、親の一番の願いは、そんなところです。でも、まわりの者が気づかないでいることがあるのかもしれません。……百花には、心を閉ざしてしまうような大きなことがあったのかもしれません」

「あの……大きなことというのは……交通事故に遭ってしまうこと自体、ものすごく大きな出来事ですよ」

「ああ、そうね、それはそうだわ。増田さん、ごめんなさい。私、注意の足りない言い方をしてしまいましたわね」

「今から僕は、百花さんの病室に行ってみます。お母さん、つきそいをお願いします」

健祐は母親と共に、百花の病室へ入った。

「こんにちは」

彼は呼びかけた。

「百花ちゃん、今日はお客さんが見えたわよ」

母親がカーテンを少しだけ開けた。

カーテンの隙間から見えた百花の様子は、と言うと、掛け布団をすっぽりとかぶっていて、無言だった。

「こんにちは。と言うよりも、初めましてだね。僕は、増田健祐といいます。よろしく」

彼は掛け布団に向かって、話しかけた。

しかし、布団は、ほんの少しも動かなかった。


彼はこんな態度にくじけない。

「今日、僕がここに来ることは聞いてたよね。ちょっとでいいから、顔を見せてくれないかな」

布団は相変わらずピクリとも動かない。だが、息を殺してこちらの様子をうかがっているのは感じ取れた。

健祐は、もう一押しすることにした。

「百花さん、今日は駄目かな。話す気になれないかな」

それから五分くらい待ったが、顔を現さなかった。

彼は母親に言った。

「今日はあきらめます。また日を改めて来ます」

心の問題に焦りは禁物だと、健祐は思っていた。

3

その二日後の木曜日に、健祐はまた百花の病院へ行った。

でも、彼女は布団にもぐりこんだままで、顔を見せてはくれなかった。

4

その翌日のことだ。

健祐が、大学の廊下を車椅子で移動していると、猿渡教授とバッタリ出会った。

教授が声をかけてきた。

「増田君、あちらの方は……こんな言い方変だと思うけど、想像していた通りに難航しているそうだね」

「はい。昨日も行ってみましたが、駄目でした。でも、こういうことは時間のかかるものだとわかっていますので、簡単にはへこたれませんよ、僕は」

「心強い言葉だなぁ。じゃ、もう少しやってみてくれたまえ」

「明日の土曜日にまた行ってみよう、と思っています」

「頼むよ。ありがとう」

「いいえ」

第三章

1

翌日、教授に告げた通りに、健祐は百花の病室を訪ねた。

部屋には入っていくと、百花のベッドのまわりには、カーテンが張り巡らされていた。

彼は呼びかけた。

「百花さん、増田です。こんにちは」

応答はなかった。

また言った。

「増田です。少しお話をさせてもらえませんか」

何も返事はかえってこない。

彼は（今日も駄目かな）と思いながら、しばらく待っていた。

カーテンで仕切られた空間は、しいんとしたままだ。

彼はあきらめて帰ることにした。

「じゃ、また来ます」

病室のドアを出た。

すると、「待って」というかすかな声を聞いたような気がした。

健祐は車椅子を止めて、振り返った。

布団を通して聞こえてくるせいか、百花の声はくぐもっていた。それでも、今回の声ははっきりと聞こえた。

「待って、増田さん」

健祐は大急ぎで、彼女のところへ戻った。

「少しだけカーテンを開けさせてもらうよ、いいね、百花さん」

彼はカーテンに手をかけて引いた。

布団が動いて、百花が顔をのぞかせた。長い間布団をかぶっていたせいで、彼女の頬は上気していた。前髪は上がっていて、額がそっくり出ていた。

「ありがとう、顔を見せてくれて」

健祐はにっこりと笑いかけた。

「門田……百花です。……何回でも私が顔を見せるまでここに来るようにって、親に頼まれたの？」

「君の親御さんが、僕の大学の教授に頼んだみたいだよ」

「増田さんの大学って、どこの大学……ですか」

「所沢国際大学だよ」

「所沢国際大学……ですか」

「今、何て莫迦《ばか》な大学、って思ったね？」

「そんなこと、思ってません」

「いいんだよ、通っている僕だって、そう思ってるんだから」

「そんな、嘘でしょう!?」

「僕もね、もうちょっとましな大学に入りたかったんだけどね。こんなからだになっちゃうと、自宅から通える大学って限られちゃうんだ」

「それって、大学側が来ちゃ駄目だ、って言うんですか」

「ううん。大学は、あからさまにそんなことは言わないよ。言わないけど、僕の方が駄目なんだ。大学くらい、誰の世話にもならずに通いたいじゃない？　だけど、家からあんまり遠い大学だと、自分自身がしんどくなっちゃって、通いきれないんだ」

「ふうん。確かに、誰にも頼らずに通いたいですよね。その気持ちは、私にもわかります。だけど、増田さんって偉いですね」

「偉くはないよ」

「……」

「ここまで生きてきた意地もあるしね」

「そう……ですか。でも、やっぱりエライです」

「ありがとう」

「いいえ」

「……百花さん、突然だけど、少しずつ歩く練習してみようよ」

「……歩く練習？」

「嫌かな。僕と違って、君には歩ける可能性があるんだ。それなのに、その可能性を捨ててしまうのは、すごくもったいないと思うんだけど」

「歩けるようになったら、一番大切な友だちともまた仲良くなれるのかな」

「なれるよ」

「……そう。お兄さんって、あ、ごめんなさい、増田さんって優しいんですね」

「お兄さんで構わないよ。増田さんじゃ、親しみが湧かないから。……だけど、歩けなくなって大切な友だちとの仲、悪くなっちゃったのかな」

「そうなんです。『いつでも一緒だよ』って何度も言い合ったのに、私が事故に遭った途端に、私から離れていっちゃったの。あまりにあっけなく離れていったから、びっくりしちゃうくらいだった」

「ふうん、そんなことがあったのか。それはショックだったね」

「言葉では表せないくらいのショックだったわ、三日三晩泣き続けちゃうくらいの」

百花はうつむいた。

「それじゃ、その友だちが戻ってくるってことに望みをかけて、リハビリをやってみようよ」

「う……ん。戻ってきてくれるかな」

「きっと戻ってきてくれるよ」

健祐のこの言葉に、百花は嬉しそうに笑った。

「私がリハビリ始めたら、親も喜ぶんだよね？」

「そう、そう。すごく喜ぶよ。もちろん、この僕も嬉しいよ」

「お兄さんにも、アルバイト料が入ってくるの？」

「アルバイト料は入るよ。でも、僕はお金よりも、君が歩く練習をするところを見たいんだ」

「私が努力すればいいのね。やってみようかしら」

「よかった、君がやる気を出してくれて。明日から始めてみよう」

「今日からでもいいけど、私は」

「本当に？　じゃ、車椅子を借りてくるよ。それに乗って、廊下に出よう」

「わかりました」

百花はきっぱりと言った。

2

健祐は気が急《せ》いていた。

（彼女の気持ちが変わる前にやらなければ）そういう思いで、ナースステーションへと、自分の車椅子を走らせた。

ひとりの看護師に、百花がリハビリを始める気になっていることを知らせると、その看護師は目を輝かせて言った。

「わぁ、それはよかった！　今すぐ車椅子をお部屋に持っていきます」

百花は、看護師の手を借りて、ベッドから降りて車椅子に乗った。

車椅子で病室の外に出ると、ゆっくりそれから降りて、廊下の壁に沿って巡《めぐ》らせてある手すりにすがって立ち上がった。

その頃には、別の看護師が歩行器《ほこうき》を持ってきてくれていて、百花は手すりから歩行器の方へと体重をかけようとした。

百花は立った。

「立てたね」

僕が声をかけると、彼女は少し恥ずかしそうにしていた。

「百花ちゃん、がんばったわ」

「偉いわ」

ふたりの看護師たちも嬉しそうに言った。

「さぁ、ゆっくり歩いてみましょう。ゆっくりでいいのよ、焦らずにゆっくりとね」

看護師たちの声に促されて、彼女は初めの一歩を踏み出した。

「歩けた」

百花はつぶやいた。

「よかった」

健祐も嬉しかった。

「今日は最初だから、無理しないで。もうやめてもいいよ」

「わかってる。でも、もっと歩けそうな気がするの。だから、もう少し歩かせて」

「そう。じゃ、がんばって」

彼は、励ました。

3

翌日、健祐は大学で、猿渡教授に声をかけられた。

「増田君、とうとうやってくれたそうじゃないか。門田百花君にリハビリをやる気にさせたって、今朝、お母様からお電話をいただいたよ」

「あ、そうでしたか。昨日の夕方、やる気になってくれました」

「本当によかった。お母様の声はものすごく明るかったよ」

「よかったです。今日もまた彼女のところに行ってみようと思っています」

「そうか。それはご苦労様。頼むよ」

「はい」


その日、彼が百花の部屋を訪ねると、彼女は有名なキャラクターのトレーナーを着て、それにマッチするパンツをはいていた。

「百花ちゃん、今日はパジャマじゃないんだね」

「そうなの。お母さんがはりきっちゃって、こんなものを買ってきてくれたんだ。私がキティちゃんを好きだ、って知ってるから」

「お母さん、すごく喜んでくれたんだね」

「そうみたい」

「それじゃ、早速始めようか」

「はい！」

「気持ちのいい返事だね」

彼女は屈託《くったく》のない笑顔を見せた。

第四章

1

　ところが、次の日、健祐が彼女の部屋に行くと、カーテンがきっちり閉まっていて、中からは押し殺したような低い男の声がしていた。よく聞いていると、男の声の合間に百花の声が聞こえてくる。

　健祐は、今までに経験したことがないくらいにあわてた。

　思い切って、彼女に呼びかけた。

「百花ちゃん、どうしたんだ?」

「お兄さん、助けて!」

　彼女は必死な声で、健祐を呼んだ。

　健祐は手に力を込め、引きちぎらんばかりにしてカーテンを開けた。

「百花ちゃん、大丈夫か」

「お兄さん！」

「何だよ、お前？」

百花に覆いかぶさっていた若い男が振り返り、健祐に鋭い口調で訊いた。

「お前こそ、誰だ？」

「俺は、百花の恋人だ！」

「恋人、って!?」

「俺ら、ずっとつき合ってたんだ。な、百花、そうだよな？」

「そう……なのか、百花ちゃん？」

健祐は彼女に尋ねた。

「そう、だった、事故に遭う前までは」

「そうか……」

「だけど、今はもう恋人なんかじゃない！」

「何言ってんだよ。お前、頭どうかしちゃったんじゃないのか」

男は百花の腕をつかんで揺さぶった。

「だって、一度もお見舞いに来てくれなかったじゃないの！」

「来ちゃ悪い、と思ってたから……」

「嘘よ、そんなこと。足の動かない女の子には興味がないってことでしょ？」

「昨日、お前が俺のケータイにメールしてきたから、もう見舞いに行ってもいいのかな、って思って、今日来たんだ」

「私がバカだったわ、あなたみたいな人にメールしちゃって……」

「何だよ、その言い方。せっかく来てやったのに、『ありがとう』の一言もないのかよ？」

「もう、私たちの間には何もないわ」

「愛情がないって言うのか」

「そうよ。私は目が覚めたわ」

「わかったよ。もう来ないよ。これで、おしまいだ！」

男は百花をにらみつけ、その後健祐をにらみつけて、部屋を出ていった。

2

健祐は男が出ていった後、百花にかける言葉もなく、呆然としていた。

百花は上気した顔で、彼に詫《わ》びた。

「お兄さん、ごめんなさい。あの人の言ってた通りなの。私、昨夜、メールしちゃって……そしたら、今日、あの人が来ちゃったの」

「百花ちゃん、あの人のこと、好きだったんだね」

「三ヶ月くらいつき合ってた」

「そうだったのか」

「でも、最近は私、利用されてただけだったみたい。会えば、することと言ったら……アレだけだったし」

「え……」

「びっくりしたでしょう」

「え……まぁ」

「私のこと、イカレた子だと思ったでしょ？　あの人、私が事故に遭ったら手のひらを返したようになったの。だから、歩けなくなった女の子には用はないんだって思ったわ。だけど、歩けるようになってメールしたら、急に病院に来たの。……もうアレができるようになったって思ったのね」

「ひどい男だね。なんてことを考えてるんだろ」

「今、お兄さんが来てくれてよかった。そうじゃなかったら、私、たぶん……絶対に嫌なことをされてたと思うわ」

「そうか。百花ちゃんを救うことができて、僕もよかったよ」

健祐の頭に突然、ある考えが閃いた。

「……もしかしたら、さっきの人のことで、百花ちゃん」

「うん、そう。今お兄さんの想像した通り。あの人がお見舞いに来てくれないから、私落ち込んで、それでリハビリを拒否してたんだ」

「そうだったのか。君には、そういう大きな理由があったんだね」

「でも、これで吹っ切れそう」

「本当?」

「うん、ホントよ」

百花が笑みを浮かべた。最初はぎこちなかった笑みが、だんだんと自然なものになっていった。

「ごめんなさい。私、なかなか真実《ほんとう》のことが言えなくて」

「わかるよ。そういうことは、言えなくて当然だと思うから」

「ありがとう、お兄さん」

第五章

1

毎日歩く練習をしているうちに、百花の歩みはしっかりとしたものになっていった。

退院の話もちらほらと出るようになった。

「お兄さん、私、お兄さんがいなかったら、駄目な人間になってたと思うの」

「……百花ちゃんは芯のしっかりした子だから、僕なんかがいなくても、いつかは歩けるようになったと思うけどね」

「ううん。歩くことだけじゃないわ」

「……？」

「退院しても、私と会ってくれる？」

「それは……もちろんだよ」

「私、思い切って言うけど、ずっと長くお兄さんと会っていたいの」

「ありがたい言葉だけど、僕の場合は、君と違って足が動く可能性はごくごく低いんだよ。それでもいいのかな」

「お兄さんの足が動く動かないは関係ないの。私はお兄さんの〝カノジョ〟になりたいの。ただそれだけ」

「涙が出るほど嬉しいと思うけど、こんなからだの僕なんかでいいのかな」

「もちろんだわ。なぜ、そんなに寂しいことを言うの？」

「……だって、僕、カノジョができたこと一度もないから、どうしたらいいのか、何て言ったらいいのか全然わからなくて、ゴメン」

「そっか。私が、お兄さんのカノジョ第一号ってことになるのかぁ。感無量って感じだなぁ」

「そうだね。実現すれば、そういうことになるんだね」

「もぉ、『実現すれば』だなんて。実現は絶対にするんだから。この私が保証するんだから、これ以上のことはないでしょ？」

「……うん」

「お兄さん、気が弱すぎ。誰にも頼らずに自分ひとりの力で大学に通うっていう信念を持ってるくらいの、強い男性《ひと》だったはずでしょ。だから、この私に対しても、強気でいていいのに」

「だって、それとこれとは話が別なんだもん」

「……私、これから院内のティールームに行きたいな。行ってもいい？」

「もちろんだよ。行こう」

2

ティールームで、健祐と百花は向かい合って座った。

「百花ちゃん、君とこうしているなんて、なんだかまだ信じられないような気がするよ」

「それだったら、私もよ。ついこの間までベッドで泣いてた私が、今はこんなに明るい陽射しの中で笑ってるんだから」

「生きてれば、必ずいいことがあるって、僕も今実感してるよ」

「お兄さんもつらかったんでしょうね。私なんかが何も知らないときにも、苦労をしてたのね」

彼女は、健祐の手の甲にそっと自分の手を重ねた。

(柔らかくて温かいな、百花ちゃんの手は)

健祐は心の中で思った。

彼女は優しい表情で笑っていた。

3

健祐は猿渡教授の部屋にいた。

「百花さんはかなり回復したそうだね。君の努力のおかげだよ。彼女のご両親は心底喜んでいるよ」

「いやぁ、僕の力なんかじゃありません。彼女に治ろうとする気持ちがあったから……」

「君に、ご両親から心付けが届いているよ」

教授は鞄の中からのし袋を取りだした。

健祐はありがたく受け取った。袋の裏には、「五萬円」と書かれてあった。

彼は驚き、あわてて教授に言った。

「これは多すぎます。こんなにいただくわけには……」

「でも、ご両親の気持ちだから。そのくらい嬉しかったってことだよ」

「そうですか。じゃあ、今度外で百花さんと食事をするときに、使わせてもらいます」

「そうだね。そうするのが一番いいね。百花君のこと、くれぐれも頼むね。私からもお願いしておくよ」

「はい。こんなからだの僕ですが、全力で彼女をお守りします」

エピローグ

健祐は、窓の外を眺めた。
外は花曇りだった。遠くで雷鳴がとどろいた。春の到来の合図だ。
猿渡教授は、健祐のカップに紅茶を注《そそ》いでくれた。
健祐は微笑んで、それを受けた。

END

初心、忘るべからず

『銀河お笑いクラブ』派生小説

プロローグ

俺たち、お笑い「夜間金庫《やかんきんこ》」には、近頃、仕事の依頼が頻繁《ひんぱん》に来るようになった。

これは、放送作家にお金を払ってお笑いの脚本を書いてもらうようになったおかげだ。

やはり、自分たちだけでやってても駄目なのだ。アイディアには限りがあるし、どうしても似た感じの出来になってしまうからだ。

「金はかかるけど、仕方ないよな」

「それは仕方ないよ。売れ続けるための投資だもん」

「売れてる状態をキープできれば、こっちのもんだもんな」

「そうだよ」

俺と相方の斉木《さいき》は、陰でこんな会話をしていた。

第一部

第一章

1

でも、芸能界には人の弱点を見つけては攻撃する人間がいて、そういう嫌なヤツをかわすのは、なかなか大変なのである。

図々しいヤツは、こちらの心の中に土足で入ってきて、ズケズケとものを言う。

わざわざ電話をかけてきた先輩がいた。

「久賀《くが》、お前、番組の中で『ドッキリ秘密報告』に出食わしたときのリアクション、薄いんじゃね？」

実は、俺も（リアクション、薄いかなぁ。お笑い芸人として、どうなんだろう。もっとしつこいくらい濃くした方がいいのかなぁ、例えば、オードリー春日《かすが》みたいに）と思っていたところだったので、図星を指されてドキリとした。でも、表面は平静を装っていた。

そいつはねちねちと、続けて言った。

「お笑いの世界で生きていこう、っていうのなら、もうちょっと派手にしなくちゃ駄目だと思うな」

「はい、それは、そうですね。もっと派手にしていくようにします」

「〝先輩のアドバイスと茄子《なすび》の花には、千にひとつの無駄がない〟とはよく言ったもんだな。このことわざ、知ってるか」

「はい、一応は」

「『一応は』じゃねぇよ。これからは、そのことわざをしっかりと肝《きも》に銘《めい》じておくようにな」

「はい」

俺はかなり憂鬱《ゆううつ》な気持ちになって、電話を切った。

2

楽屋に戻ってくると、相方は眠そうな目をしていた。あくびをしながら、「あ、帰ってきたの」という顔をしている。

「寝てたのか」

「うん、ちょっとだけ」

「お前は気楽でいいな。こっちなんか、田沼さんに、たっぷり嫌味を言われちゃったってのによ」

俺は不機嫌な様子を隠さずに言った。

「何、言われてたんだよ？　何？」

「あの人、他人の弱点を見つけるのがうまいよな。ホントまいっちゃうよ」

俺は顔をしかめた。

「田沼さんに、どんなことを言われたんだよ？」

斉木は急に真剣な口調になって訊いた。

「俺の反応が薄いってよ。偉そうに先輩風吹かせやがって」

「そんなもん、『ハイハイ』って聞いてりゃいいじゃん。仕事が減ってるから、やっかんでんだろ。まぁ。確かにお前のリアクションはつまんないかもしんないけど」

「わざとらしいのは嫌いなんだよ。こっちは、子ども向けの番組ばっかりやってるわけじゃないいんだから」

俺は気分直しに煙草に火を点けた。深く吸い込んで紫煙《しえん》を吐きだす。

「田沼さん、具体的には何て言ってきたんだ？」

斉木が訊く。相方はまだ田沼さんの話を続けたいようだ。

「『ドッキリ秘密報告』で、何か仕掛けられたときのリアクションが淡泊でよくないとか、言ってたな」

「大きなお世話だよな。他人《ひと》のことなんだから、ほっといてくれればいいのに」

今度は、斉木が顔をしかめた。

「でもさぁ、俺も、自分のリアクションに自信がなかったんだ。内心、まずいかなって思ってたりしていて」

「そうか」

「だから、田沼さんに言われたとき、ちょっとどっきりしちゃったよ」

「それが、ホントの『ドッキリ秘密報告』か。なんて、ふざけてる場合じゃないな。あ、来月になると、お前の誕生日が来るな」

「……え、俺の誕生日に、爆弾でも仕掛けられるっていうのか」

「爆弾よりも、今のお前にはもっと怖いものがあるだろ？」

「何が言いたいんだよ？　まさか、俺の誕生日にまた『ドッキリ』が仕掛けられるとでもいうのか」

　俺は焦ってしまった。

「その可能性は高いな」

　相方は気の毒そうに言う。

「ちっとも嬉しくないよ。苦しいだけだよ。だけど、なんでテレビ局って『ドッキリ』が好きなんだろう。バカのひとつ覚えみたいに、そればっかりやって」

　俺はいまいましくなっていた。

「うん、確かに……」

　斉木の相づちは語尾をにごしていた。

「……お茶の間の人たちは、とっくに飽きてんじゃないの？」

俺は吐いて捨てるように言った。

「ホント、バカみたい。そのバカみたいなことに苦しめられてるお前はもっと……」

斉木の言葉は、同情しているのか、からかっているのかわからない。

「大バカだって言いたいんだろ」

俺は自棄気味《やけぎみ》に言ってから、次の煙草に火を点けた。

「ここはひとつ、能美《のうみ》さんに訊いてみようかな、誕生日のときのリアクションを」

俺が能美さんに力を借りようとすると、斉木が止めるような言い方をした。

「うん。でも、そんなことまで訊くっていうのもどうかな。大人気《おとなげ》ないような気もするし。それに、あの人すごく忙しそうだから」

俺は言い返した。

「そうでもないかもよ。この間会ったとき『暇で暇で。何かあったら、どんなことでもいいから言ってきて』って言ってたから」

すると、相方は放送作家のことをかばうようなことを言う。

「それは、単なる社交辞令さ。奥ゆかしい人なのかもしれないよ。本当はメチャクチャ忙しいのに、そういうところは他人に見せないようにしてるのかも」

「大人って狸《たぬき》のところがあるから、言ってることを額面通《がくめんどお》りには受け取れないよね」

俺はここで初めて、相方のいうことを肯定した。

「俺たちだって、大人だけど……」

斉木が苦笑いしている。

「年齢だけは、ね」

俺も笑った。

3

俺はその夜、何かにつけて頼りにしてしまう放送作家の能美《のうみ》氏に電話をした。

「『夜間金庫』の久賀ですけど、お元気ですか」

「元気だよ。久賀君、君たちのコンビは、メキメキ売れてきてるみたいだね。おめでとう」

「ありがとうございます。すべては能美さんのおかげです」

「君たちの努力だよ」

能美さんは、いつでも謙虚なものの言い方をする。

「それで、今日こうしてお電話したのは……」

俺は額《ひたい》に汗をかきながら、用件を話した。

「……そうか。バースデーにドッキリを仕掛けられそうなのが怖い、っていうことなんだね」

「ええ、俺、三年前にお笑い新人賞をもらったときにも、あとでファンを名乗る人から手紙が来ちゃったりして……」

「そのときのリアクションについて、何か言ってきたの？」

「そうなんです。新人賞というものは、一生に一度しかもらえないものだから、もっと喜んだらいいじゃないか、っていうようなことが書いてありました」

「へぇ、そんなことが。でもねぇ、私も君がお笑い新人賞をもらっている場面をテレビで見ていたけど、素直に感情を表しているところがいいと思ったよ。あんまりオーバーに騒いだりしたら、初々しさが感じられなくて、新人らしくないもんね」

「そうですか」

「世の中、本当のことが一番強いんだよ。だから、久賀君も、これから仕掛けられるドッキリに、自分らしく対応していけばいいんだよ。ただそれだけのことだと思うな」

能美さんの態度はいつでも変わらない。ありがたいなと思いながら、会話を続けた。

「……はい。あと『大人キュート』の田沼先輩も……」

「『大人キュート』の田沼っていう人も、何か言ってくるの？」

「そうなんです」

「あの人はアクが強いって、私の仲間内でも評判だからね。そういう人は、久賀君以外の人にも嫌な態度を取っているものだから、『自分にだけ、どうしてひどいことを言ってくるんだろう』なんて、悩まないでいいと思うよ」

能美さんは、会話を明るく締めくくってくれた。

俺は（能美さんに電話をして、本当によかった）と思った。

彼はいつでも俺を優しさで包み込んで、安心させてくれる。この優しさに触れたくて電話をしてしまうのだ。

第二章

1

俺の誕生日にオンエアされるバラエティー番組の録画取りのときに、ドッキリが仕掛けられた。

その番組の最後のところで、俺にバースデーケーキがプレゼントされたのである。

俺は(来たな)と思った。

ワゴンに載った円形のケーキが出てきた。

「さあ、『夜間金庫』の久賀さんにろうそくを吹き消してもらいましょう」

司会進行役の女性アナウンサーが、俺ににっこりと笑いかけて言った。

俺はまずろうそくを吹き消した。それから、鏡の前で何度も練習していた「派手な笑顔」を見せようとした。だが、その瞬間、能美さんの『これからも自分らしく対応すればいい』という言葉が頭の中をよぎった。それで、どうしたらいいのか、頭の中が真っ白になってしまった。思わず、助けを求めるように、相方の斉木の顔を見た。

彼はほっこりとした笑顔でうなずいてくれている。その表情には、『自然体でいこうよ』という気持ちが色濃く出ていた。俺のハートは一気に和《なご》んだ。彼は、なんと言っても、高校のときからの友だちなんだ。

楽屋に戻ってきて寛《くつろ》いでいると、ドアが叩かれた。

(誰だろう)

俺たちは顔を見合わせた。

乱暴にドアを開けたのは、『大人キュート』の田沼さんだった。

俺は、顔の筋肉が引きつるのを感じた。

緊張している俺をかばうように、斉木が応対してくれた。

「田沼先輩、どうぞ、どうぞ。こちらにお通りください」

「いや、いいよ。ちょっと、久賀に話があって来ただけだから……」

田沼さんはきつい調子で、俺に向かってくる。

「ちょっと、久賀」

「……はい、何でしょうか」

俺は相変わらずの緊張状態で答えた。

田沼さんは表面上は笑みを浮かべていたが、声の調子はきついままだった。

「君は、全体的に反応が薄すぎるんだよ。この間、そう言っただろ？　先輩に言われたら、即座に直すものだよ。せっかく局の人たちが、君のバースデーに、ケーキを用意してくれたのに……あの態度はないんじゃないか」

俺は、自分がどんどん相手に圧倒されていくのを感じていた。「ヘビに見込まれたカエル」という慣用句《かんようく》が頭に浮かんだ。

そのときの俺は、よほど青い顔をしていたのだろう。

「お前、顔色が悪いぞ。さっきからお腹が痛いって言ってただろ。横になって休んだ方がいいと思うよ」

俺の窮状《きゅうじょう》を見るに見かねた斉木が、俺たちの間に入った。

彼は、田沼さんにはこう言った。

「田沼先輩、こいつには俺からよく言っておきますから、今日のところは……」

「そうか、斉木。俺は別にイチャモンつけてるわけじゃないぜ。誤解しないで聞いてくれよ。せっかくの局の人の好意を台無しにしちゃいけないよと、俺は言いたいわけだ。これも、いい後輩を育てたいという心の表れであって、いい後輩を育てるためには、先輩である俺のようなものが厳しく言わなくちゃならないわけで、これを愛の鞭《むち》と思ってほしいんだ」

俺は、田沼さんの口から「愛」という言葉が出てきたので、ゲッソリとしてしまった。この先輩、一体どういうつもりで「愛」という言葉を遣っているのだろうか。

「いいな、久賀、以後よく気をつけるようにな」

田沼さんはこう言い置いて、部屋を出ていった。

俺と相方は言葉もなく、向かい合って座っていた。

2

その夜、俺は「満月《まんげつ》」という居酒屋で飲んでいた。

ここは、三年くらい前に、ひとりでよく通っていたところだ。

今日もひとりだった。

「やぁ、久賀ちゃん、よく来てくれたね。もううちなんかには、来てくれないかと思ってたよ」

店主は、前と変わらない気さくな態度で迎えてくれた。

「そんなこと、ないです」

俺は、三年前と変わっていないお品書きを見て、注文をした。

「昔よくここで食べていた焼き魚定食とお銚子を一本お願いします」

「あいよ」

三年前よりも店主は太っていた。金回りがよくなっているのだろうと、俺は推測した。

店主の奥さんは、相変わらずにこやかで感じがよかった。

「満月」は、カウンターが「コ」の字にあるだけの狭いところで、そのカウンターに座ると自然と店主と向かい合ってしまう作りになっていた。

俺は、自分の書いた色紙《しきし》が壁にあるのを見つけた。ああ、この色紙、まだ飾ってくれてたんだ、と心が和んだ。

しばらく待っていると、奥さんが焼き魚定食とお酒を、俺の目の前に出してくれた。

俺は定食を肴に、手酌《てじゃく》で酒を飲んだ。

そのときの俺は、浮かない顔をしていたのかもしれない。

店主が話しかけてくる。

「なんだ、お前、最近調子よさそうなのに、シケた面《ツラ》して。久しぶりに来たんだから、うまそうに飲めよ」

「大将、すみません、こういうホッとした時間には、つい生地《きじ》が出てしまって」

「『夜間金庫』なんて、初めは変わった名前だなぁって思ったけど、売れてくるとこれがいいネーミングに思えてくるんだから、不思議なもんだよなぁ」

「はぁ、恐縮です」

「コマーシャルにも出はじめたよな。あれは、えーと」

「ラッキーピザ。ピザ屋さんのです」

「そうだった。あのコマーシャル見たら、ついピザを食べたくなっちゃうもん。すごいもんだよ。色紙、また書いてくれよ」

「色紙、ですか」

「うん」

「はい。……すみませんが、後で心を込めて書かせていただきます。今は、じっくりと大将の料理を味わっていたいんです」

なんとなく気分のノリが悪くて、俺はすぐに色紙を書く気にはなれなかった。

「ああ、後でな。頼むよ」

店主も無理なことは言わない。それがありがたかった。

「……だけど、大将、この商売、明日はどうなるかわかりませんから、売れれば売れるほど不安になっていくんですよ」

俺は心情をそれとなく明かしてみた。店主に視聴者代表になってもらって、反応を見たいと思ったからだ。

「そんな、お前、俺の前で謙遜しなくていいよ。最近のネタ、結構面白いじゃないか。昔ここに通っていた頃に比べれば、月とスッポンよ。俺だって気にして、『夜間金庫』が出るっていう番組は見るようにしてんだぜ」

何も知らない彼は、ネタを誉めれば俺が喜ぶと思っている。

「……前より今の方がずっと面白いですか」

俺は内心ガックリしながら訊いた。

「ああ、ずっと面白いよ」

彼は至極《しごく》あっさりと答える。

彼の言葉は鋭いナイフだ。俺の胸に深く突き刺さり、情け容赦なく切り裂いていく。

「そうですか。実は近頃のネタは……いえ、何でもありません。ありがとうございます。これからも、お茶の間に上質の笑いをお届けできるように、がんばります」

「上質でなくてもいいから、商売で疲れたからだと心が癒されるような笑いをくれよ」

「はい」

それから、店主が色紙とサインペンを持ち出してきた。

「さぁ、頼むよ。この店の宝物にするんだから」

店主は邪気のない笑顔で言った。

「何て書こうかな」

俺は迷った。

「何でもいいけど」

「今夜は、初心に戻れたような気がしてますから、今の気分でいきます」

俺は「初心忘るべからず・夜間金庫・久賀」と、三年前よりもちょっとだけ気取った字体で書いた。

店主に渡すと、彼はためつすがめつしてから、感心したように言った。

「色紙一枚取っても、久賀ちゃんらしい真面目な言葉を書くよなぁ」

それから、奥さんに渡した。

奥さんは言った。

「縁起のいいものですから、大切にしますね」

その後、俺は飲み足りない気持ちがしたので、お銚子をもう一本注文した。

帰り際に俺は、乞われるままに店主と握手をした。

「ごちそうさまでした。明日からまたがんばります」

「おう、また来てくれよ。お前は才能あるんだから、自分を信じてがんばれ」


外へ出てくると、俺はしんみりとした気分になっていた。

月を仰ぎ見て、つぶやいた。

「大将、大将の気持ちはありがたいよ。俺だって、才能があればさ、こんな不安な気分にはならないよ」

3

誕生日のドッキリが終わるとすぐに、新しい仕事が来た。今度は、少しやっかいな仕事だ。

クイズ番組に回答者として出演してくれないか、というものだった。もちろんオーケーした。

俺たちは、三流大学だったが、一応は大学出だったので、「芸人インテリ軍団」の範疇《はんちゅう》に入れられた。漢字、ことわざ、簡単な英語の問題は楽にクリアできたが、理科と社会の問題には苦しめられた。もう忘れているから、というよりも、子どもの頃からしっかり勉強してこなかったから、だった。

番組の収録が終ってから、俺は相方に訊いた。

「俺が正解したときのリアクションって、地味だった?」

「地味というより、久賀らしかったよ。お前らしくて、俺はいいと思ったけど」

斉木はさらりと言った。

「田沼さんには物足りなかったかな?」

「何か言ってくるかもしれないけど、のらりくらりとしていようよ」

「うん」

「どこの世界にも、ある一定の割合であああいう人はいるんだから、しかたないよ。そのうちに飽きてよそに行くだろうから、それまでの辛抱《しんぼう》だよ」

相方は慰めてくれた。


オンエアされると、予想していたように、田沼さんは文句をつけてきた。

ある日、俺たちが楽屋にいると、音を立ててドアを開けて入ってきたのである。

「久賀、お前、インテリ芸人呼ばわりされて、有頂天になってたよな？」

彼は俺をにらみつけて言った。

「有頂天になってなんかいません」

俺の声はかすかに震えていた。

「そうか。だったら、もっと喜べよ。あのなぁ、知らないといけないから、教えてやるけど、あの日の収録には『大人キュート』が出るはずだったんだ」

「……」

「返す言葉がないか。俺の相方の安田《やすだ》がからだの具合を悪くして、降りたんだ。だから、お前たち『夜間金庫』が急遽《きゅうきょ》出られることになったんだ。そこのところをよくよく承知しておいてくれよ」

「……わかり……ました」

俺の声はのどにひっかかったようになって、しわがれてしまった。

「だからな、ここから交渉に入るんだけどな、そっちの単発《たんぱつ》の仕事があったら、こっちに回してもらいたいんだよな」

「……そういうことなら、直接プロダクションに言ってくれませんか」

「プロダクションに言え、って言うのか」

「ええ、俺たち一介の芸人が……勝手に何かするということはできないと思いますので……」

「わかったよ。そうする」

田沼さんは、怒ったような顔をして出ていった。


田沼さんは、本当に俺たちの所属するプロダクションに交渉をした。

そして、東京を歩く「都内サンポ・国分寺編」という企画を獲得したようだった。

仕事を取られた格好になったのは残念だったが、(仕方ないな。長い芸人稼業の内には、こういうことの一度や二度はあるもんだよな）と思って、俺は諦めた。相方も俺と同じように感じているみたいだった。

第三章

1

「俺たちに、『都内サンポ』の次の仕事が来たよ。『この間は残念でしたね、気を取り直して〈八王子編〉に行ってはどうですか』ってね」

斉木が嬉しそうに言った。

「あけぼのテレビのプロデューサーは義理堅いんだな」

俺は正直な感想を言った。

「俺たちに好意を持ってくれてるのかもね。だとしたら、普段の俺の態度がいいからじゃないかな」

斉木がふざけて言った。

「しょってるな。お前、プロデューサーという人種に好かれようとして、日々生きてるわけ？」

　俺はちょっとうんざりしながら言った。

「俺の場合、意識しないでさりげなくいい態度がとれるんだよ。そして、それが年長者に好かれるのさ」

「へーえ」

「ところで、あのプロデューサーの実家、八王子だから、八王子編には特別に力を入れたいんだって言ってたよ。八王子には『都まんじゅう』っていう名物があって、その店は絶対に取材すること、っていうお達しが出たよ。『都まんじゅう』は、プロデューサーのお母さんの好物なんだって。実家に帰るときには、必ずそのまんじゅうを買うんだって」

「母親孝行なんだな」

「うん、そうだな」

「だけど、俺たちのことを『大人キュート』がやっかむだろうな」

「まぁ、いいじゃん。やっかまれる立場に立つ方がいいよ。それだけ売れてるってことだもん」

「そうだよな。売れる前は早く売れたい売れたい、売れるためならどんなことだってできる、って思ってたよな」

「そう、そう。だから、売れない先輩芸人にやっかまれることくらい、ヘッチャラだろ？」

「うん、初心を思い出すようにするよ。確かにあの頃は必死だった。最近、必死さが
足りなくなっているかも」

「そうだろ？　踏ん張ろう！」

「踏ん張ろう！　『ヘビに見込まれたカエル』の名前は返上だ！」

「ヘビに見込まれたカエル？　お前、そんなふうに自分のことを思ってたの？」

斉木はびっくりしたように訊いた。

「実は、ね」

俺は正直に答えた。

「やめろよ」

斉木は命令口調で言った。

「やめるけど」

「お前って、意外に弱気だったんだな」

彼は呆れている。

「バレたか、なんてね」

「おい、久賀、お前って強気なんだか弱気なんだかわかんないヤツだな」

「十二年もつき合ってきたのに、わかんねぇのかよ？」

俺の方でも少しばかり呆れたように、言い返した。

「わかんないよ」

斉木は、真顔で首をすくめていた。

2

その日、俺たちは「都内サンポ・八王子編」の収録をしていた。

最後に、都まんじゅうを買って、カメラににっこりと笑いかけて、「お疲れさん、今日の予定はすべて終了です」という運びになった。

俺たちは「ありがとうございました。お世話になりました」と頭を深く下げて挨拶をした。

「久賀さん、斉木さん、お疲れ様でした。とてもいい画《え》がたくさん撮れましたよ」

最近仲良くなった、カメラマンの志村《しむら》君が話しかけてきた。この人は、若いのに意外に裏の情報に通じているから、話していてとても面白い。

「ありがとう」

「……あ、そうだ。『大人キュート』のやった『都内サンポ』の国分寺編の情報、ありますよ」

「えー、本当？　どうだったのかな？」

「俺、国分寺編のときも撮ってましたから、旬《しゅん》の情報たくさん持ってますよ」

「わぁー、聞きたいなぁ」

俺と斉木は、同時に同じセリフを言っていた。

「どういうわけか、せっかくの仕事だったのに、田沼さん、失敗の連続だったんですよ。あの人、全然台本を読んでこなかったのか、それとも寝不足かなにかで、ついうっかり忘れちゃったのか……」

「変だなぁ。『大人キュート』が寝不足になるなんてこと、まずないだろうよ。だって、寝不足になるほど売れてないもん、『大人キュート』は」

俺ははっきりと言ってしまった。

斉木も「そうだよな」と相づちを打った。

カメラマンの志村君も「それはそうなんですけどね」と言ってから、続けた。

「これは僕の想像ですけど……もしかして、薬《ヤク》のせいかもしれないです」

「ヤク？　それって、ヤバイ感じだね」

「はい。ネタが思いつくように、ヤクをやるアーティストがいる、って聞きますから」

「うーん、そうか。俺たちには縁のない世界のことだけど」

「……田沼さん、台本が頭に入っていなかったために、段取りをまちがえちゃって、またそれを隠すためなのかわからないんですが、突然大声で、番組とはまったく関係ないことを叫んじゃったりしてました。『恥の上塗りって、このことだな』って言って、まわりにいたスタッフのほぼ全員が呆れていましたよ」

「やー、カッコ悪りぃな。田沼さんがそんなことをしていたときに、相方の安田さんはどうしてたのかな？」

「安田さんは最初は笑っていましたが、だんだんイヤな顔をするようになって、田沼さんに『ちゃんとやれよ』って言ってました」

「そりゃ、そうだ」

「でも、そこらへんまではまだよかったんです。極めつきは、殿ヶ谷戸庭園の池に飛びこんじゃったことです」

「あの純和風な雰囲気の池に？」

「もう全身ずぶ濡れの泥だらけで、どうしようもなくなっちゃいましたから、そこからは相方の安田さんひとりで収録をしなきゃならなくなって」

「カエルがかわいそうじゃないか」

カエル好きの斉木が顔をしかめて言った。

「高い鯉も何匹も泳いでいたらしいですよ。あとでスタッフが、庭園の関係者に何度も謝っていましたけど……」

志村君も斉木と同じように渋面を作った。

「謝るだけで許してはもらえないだろうよ」

また斉木が言った。

「ええ、そうですよね」

「それが、アーティストのやることかねぇ。まぁ、俺たちには関係のないことだけど」

俺がこう言ったので、志村君も斉木も笑っていた。

第二部

第一章

1

ある夏の夜、俺たちは、数ヶ月前まで俺がバイトしていた「和人《わびと》」という居酒屋に飲みに行った。

売れた今では、ふたりで行く店は「満月」のような小さな安いところではなく、「和人」のような立派な構えの広くてゆったりとしたところになっていた。これは、ふたりのうちのどちらが言い出したということもなく、なんとなく決まってしまったことだった。

「乾杯しよう！」と斉木が言うので、俺は「何の乾杯？」と真顔で訊いてしまった。

彼は笑顔で言った。

「何でもいいけど、そうだな、今日は八月三十一日、八月最後の日か、それじゃ夏休みの最後を祝して、乾杯だ！」

「三十一日、高校を出るまではこの日が大嫌いだったな。明日からまた早起きして学校に行かなくちゃならないのは、本当にイヤだったよ。でも、今は学校はない」

「試験も何にもない」

相方は、陽気に、『ゲゲゲの鬼太郎』のメロディーでうたった。

2

ほどなくして、「大人キュート」の田沼さんが覚醒剤所持《かくせいざいしょじ》で警察に逮捕された。

お笑い界に衝撃が走った。

毎日のワイドショーでも取り上げられ、週刊誌もこぞって書き立てた。

俺たちは、ワイドショーや週刊紙の扱いには不満を感じていた。

「こんなに報道されるほど『大人キュート』って売れてたっけ？」

「俺たちほどは売れてないよなぁ、変なの」

「全然比較にならないよ」

「こんなに騒いだら、あいつら、自分たちが売れてる、って勘違いしちゃうじゃないか。そしたら、ウザイな」っていうくらいの話題だったのだ。

俺は改めて『大人キュート』のことを貶《おとし》めた。

「かすかに咲いて、ポソッと散るだけの存在だったのにな」

その後に、斉木が言った。

「でも、これで、『都内サンポ』のときに段取りが頭に入ってなかったり、気が狂ったように騒いじゃったりした理由がわかったな。覚醒剤のせいだったんだ」

俺も大きくうなずいて言った。

「うん、覚醒剤をやってたからだったんだ。志村君の憶測《おくそく》が当たってたな」

3

目障りな先輩たちがいなくなったお祝いと称して、俺たちは再び「和人」に行くことにした。

「天《てん》の挽《ひ》き臼《うす》が回ってきて、田沼は成敗《せいばい》されたってことか」

斉木が、何もかも承知しているよというような、落ち着いた声で言った。

第二章

1

気分が晴れていたので、俺はお笑い界の後輩におごりたくなった。

斉木に言うと、彼も気軽に「そうだな」とオーケーしてくれた。

俺は、「銀河お笑いクラブ」（略して「ギンショウ」）の尾崎に電話をかけた。

なぜ「ギンショウ」を呼ぼうとしたのか。それは同じプロダクションに属していたのと、「ギンショウ」のふたりが高校時代に出会ってコンビを組んだという経歴に共感を覚えたからだ。つまり、俺たち「夜間金庫」も高校時代に出会ったふたりなのだ。

「尾崎君、今夜、俺たちとこれからの日本のシナリオを考えて、いろいろと意見交換みたいなことをしてみないかな？」

俺が電話口でこう言うと、「ギンショウ」の尾崎は、俺の言った意味を堅苦しく取り過ぎたようで、「そんなこと、とてもとても」と言って恐縮している。恐縮というよりも、拒否しているような受け答えにも聞こえた。

俺は、彼の反応に、苦笑しながら言った。

「ごめん、ごめん、深い意味はないんだ。同じプロダクションの先輩後輩として、たまには飲んでみたいって思ったもんだから。最近は俺、どんなものにも名目をつけちゃうような悪い癖がついちゃって、びっくりさせて悪かったな」

ずっと笑い続けていると、尾崎は俺の笑い声で和んだのか、自分も笑いだし、「喜んでお受けします」と答えた。

2

尾崎は相方の樋村を連れて、「和人」に現れた。

ふたりともスーツを着ている。

俺が「ギンショウのふたりはスーツで来たか。スーツ姿がカッコいいな。板についてるよ」と誉めると、樋村が「そんなことないです。着慣れないものを着ちゃって、調子出ないです。僕には、詰め襟の学生服が一番しっくりくるんです」とぼそぼそした声で言った。

「詰め襟か、ずいぶん懐かしいこと言うね」

俺は、樋村がかわいらしく思えてしまった。

尾崎は「今夜はお招きいただいて……」と挨拶をしかけた。

「堅苦しい挨拶はナシだ。今夜は無礼講でいこう」

俺は、話のわかる先輩ぶったようなことを言って、尾崎の挨拶を遮《さえぎ》った。

焼き鳥と焼きそばと焼きうどん、それに焼きおにぎりと焼き魚と、俺の好きな「焼き」のつく料理ばかりを注文した。ギンショウのふたりは、おとなしくそれを食べていた。

途中で「おいしいか」と訊くと、「もちろんです。すごくおいしいです」と答える。

この夜、俺は心の底からリラックスして、ビールを飲んだ。

「今日は、いいことがあったんだ」

俺は言った。

「何ですか、いいことって？」

尾崎が遠慮がちに訊く。

「俺が心の底から嫌だなぁと思ってる人に、天の挽き臼が回ってきて粛正《しゅくせい》されたんだ」

「シュクセイ？」

樋村が訊き返した。

「つまり、成敗《せいばい》されたってことさ」

「成敗された……。それで、ニコニコなんですか」

「うん、そうなんだ。すごく気持ちがいいんだ。その人は、俺以外の人にも悪さをしていたみたいなんだけどね。そういう人って、放っておいてもいつかは自滅するもんだね」

尾崎と樋村は、俺の言っていることの意味がすぐには理解できないのか、当惑したように顔を見合わせていた。

しばらくすると、樋村が弱々しい声で言った。

「俺たち、向こう一か月間は、倹約倹約でいかなくてはならないんですよ」

「え、え……？」

俺の声は、大きくなっていた。

「倹約って……いつだってお笑い芸人は、倹約の精神でやっていかなきゃならないだろうよ」

「それはそうなんですけど……」

樋村の声は消え入りそうに小さくなった。

「何か特別に倹約しなくちゃならないような、重大事件でも起こった？」

「ええ、まぁ」

「どんなこと？」

俺は興味が湧いていた。

「実はですね、僕、大チョンボをしてしまいまして。大学の入学金にするためのお金を失《な》くしてしまったんです」

「大学？　大学ってどういうこと？」

「僕、遅ればせながら大学生になることにしたんです」

「どこの大学？」

「明鏡止水大学です」

「ひゃぁ、それって結構すごいじゃないか」

「いえ、そんなにすごくないです」

「入学金って、いくらくらい？」

「三十万円です」

「それは大変だな」

樋村に代わって、尾崎が話し始めた。

「そんなことで、僕たち、急に金欠《きんけつ》になっちゃって……。だから、今夜こうして先輩方に夕食に招いていただいたことは嬉しいですし、経済的にすごく助かるんです」

彼は正直な青年らしくしていた。俺は彼に、今までよりももっと好感を抱いた。

「それじゃ、その三十万円……俺が貸そうか？」

「え、そんなこと、悪くてできません」

尾崎は即座に言った。

「出世払いでいいから」

「でも……」

「そのくらいの額なら大丈夫なんだよ」

「……」

「さっきも言った通り、今日は俺たち『夜間金庫』にとって、すごくいい日なんだ。気分が高まってるんだ。だから、何かいいことをしたいんだよ。人助けをさせてくれないかな」

「そうですか。……それじゃ、今夜は、僕たちギンショウは本当にラッキーだと言えそうですね」

尾崎は、純朴な青年という感じで答えた。

「その代わりに、って言っちゃなんだけど……君のシナリオがドラマになるときに、俺を主役として使ってほしいんだ」

「え？」

俺は「へへへ」と笑った。

「ギブ・アンド・テイクでいかないか？　俺、演技デビューしたいんだけど、どう売り込んだらいいのかわからなくてね」

「僕のシナリオのものが、先輩のデビュー作になるってことですか。僕のものでいいんですか」

「もちろんだよ。いいも悪いもないよ。御《おん》の字だよ。だってさぁ、何かきっかけがなくちゃ話にならないじゃないか。君の今度ドラマ化される作品って、何ていうタイトルだったたっけ？」

「『ジェントル監督』です。だけど、この作品の主人公は、全然野球がうまくないいんですよ。その上、優柔不断で。そんなのでいいんですか」

「うん。他人からは、僕って気が弱そうに見えるらしいんだ。だから、そういう監督でいいと思うな。きっと、ピッタリだよ」

俺がこう言うと、斉木も言う。

「確かに、お前にはまり役だな。お前のためにあるって言ってもいいような作品だよ、その『なんとか監督』ってのは。それから、尻馬に乗っちゃうみたいで悪いんだけどさ、この俺にできそうな役っていうのはないかな？　もしあったら、是非紹介してほしいんだけど」

「そうだよな。お前も俳優に転向できるなら、転向しておいた方がいいもんな。お笑いだけの芸人で通すというより、演技ができる芸人になっていった方がいいよ。な、そういうわけだからよろしく頼むな、尾崎君」

俺は斉木に同意しながら、尾崎に圧力をかけた。

「はい、わかりました。心がけておきます」

尾崎は淡々とした口調で言った。

俺は思った。

（尾崎は自分のインテリな部分にしがみつこうとしている。樋村の方はひどく自信を

失っていて、相方の顔色をうかがってばかりだ。気の毒だが、こいつらはお笑いコンビとしては駄目だろう）

「その返事、承諾してくれたと受け取ってもいいのかな？」

「……はい」

「俺のことを、ずるい人間だと思っているだろう？」

「いいえ、別にそんなふうに思っていません」

「じゃ、樋村君の方はどう？　俺のことをずるいと思うかな？」

「いいえ、むしろ親切な人だと思います。ずるい人間がお金を貸してくれるはずはありません」

「無理して言わなくてもいいよ。……俺もね、最初はこんなにごり押しするような人間じゃなかったんだよ。この業界にいるうちにだんだんと変わっていったというのかな。ね、わかるだろ？」

「は……い。僕たち、先輩のことを誠実で真っ正直な人だと思っています。この気持ちはこれからもずっと変わらないと思います」

「未来永劫《みらいえいごう》……変わらないのか？」

「は……い」

「いや、冗談だよ。悪かったな、からかうようなことを言っちゃって」

「いえ、いいんです」

「よかった。じゃ、明日お金をおろしておくから、樋村君、あけぼのテレビの楽屋まで取りに来てくれないか。『流行歌・歌合戦』の収録が午前中からあるから」

3

「ギンショウ」のふたりは、一時間半くらい一緒にいてから帰っていった。

斉木が笑いながら言った。

「三十万を出世払いで貸すなんて、大盤振る舞いだな。少し前だったら考えられなかったことだよな」

「うん、能美さんのおかげだな。あの人の脚本で『夜間金庫』はここまで伸びてきたんだもん」

「だけど、『ギンショウ』の尾崎って、何ていうのかなぁ？　変わってる感じもするな。……樋村はどうするんだろう。いつまでも尾崎にひっついてはいられないだろうに」

俺は「ギンショウ」を悪く言いたい気持ちになっていた。

「ほんと。どうするんだろうな」

斉木は無邪気な感じで相づちを打った。

それから、続けた。

「……とりあえず、遅まきながらこれから大学に通うって言ってたけど」

「一応今は、学歴を身につけようっていう考えになってるんだな。だけど、『ギンショウ』の単独ライブを観た人の話では、樋村ってのも演技力があるらしいから、行《ゆ》く行《ゆ》くはそっちを生かしていこうとするんじゃないかな」

「とどのつまりは俳優になるのか。それじゃ、俺たちのライバルになっちゃうぞ」

「そうかもしれないな。ま、尾崎にひっついていれば、棚からぼた餅で、何かおこぼれにあずかれるんだろうけど……」

「ああ、そうか」

「こんな言い方ってひどいと思うけど、樋村が新興勢力《しんこうせいりょく》になる前に、ある程度潰しておかないと、な。尾崎の方は、俺たちの役に立ってくれそうだから……あいつが『ギンショウ』の実演を廃業して、脚本担当の裏方専門のなったとき、役に立ってくれたらありがたいよな」

第二章

1

「大変だ！　能美さんがウィーンに行っちゃうよ！」

斉木が叫んでいる。

「能美さんがウィーンに？　なんで？」

俺は驚いた。

「ウィーンにいるピアニストの奥さんのところへ行って、一緒に暮らすんだってさ」

斉木は急に小さな声になった。我に返って、まわりの人たちに聞こえたらまずい、と思ったようだ。

「そんな……それじゃ、俺たちのお笑いの脚本はどうなるんだ？」

俺は絶句した。

「うーん。それじゃ、初心に戻って、『夜間金庫』は『夜間金庫』らしさを出してやっていこうよ」

斉木が答えた。

「そんな、俺、前みたいにはいかないよ。自信なくなってるよ」

「絶対、平気だよ。ファンは、もう十分に俺たちのよさを知ってるんだもん。だから、ついてきてくれるさ」

「お前、そんなに神経の太いヤツだったっけかな。羨ましいよ」

俺は相方の顔を見ていた。

「俺、前から深く考え込まない性格だったよ。知らなかった?」

相方はあっけらかんとしていた。

「曲がりなりにも、他人のことを潰したいなんて口にしたことで、俺にも天の挽き臼が回ってきたのかな。そうだったら、イヤだな」

俺は小心者の性根《しょうね》をさらけ出した。

「……初心に返ろうか。俺たちがお笑い芸人になろうと思ったときに」

斉木は再び「初心」という言葉を出す。

「そうだな。それがいいかも。なんて、言ってる場合じゃないよ。能美さんが当てにならなくなるなら、次の放送作家を見つけるまでだよ！」

俺は悲鳴に近い声を出した。

「お前……自分でお笑いの台本を書こうっていう気持ちは、もうないのか」

「だって、俺、自分の中の〝泉〟は枯渇しちゃってるんだもん」

俺は自棄《やけ》を起こしていた。

「本当か」

「うん。本当だよ。自分で感じるんだ」

「そう……か。残念だな」

「だから、誰か作家にパラサイトして生きていかなくちゃならないんだ」

「そんな……」

「じゃ、斉木、お前が今から台本書いてくれるか」

「俺には、書けない」

「な、だからパラサイトすることが必要なんだよ」

「残念だな」

「今さら残念だなんて言うなよ」

「俺、実際、お前にはいい夢を見させてもらったよ」

「なんだよ、お前、まったくこれでもう終わりみたいな口きいてるな」

俺は斉木に対して、苛立っていた。

2

「……あ、そうだ。俺、能美さんから次の放送作家の人を紹介されてたんだ！」

突然、斉木の顔が輝いた。

「……え？　なんだよ。そういうことは早く言ってくれなきゃ困るじゃないか」

「……ごめん。お前の言い方に惑わされちゃって、俺、言いそびれちゃってたよ」

「俺、超《チョー》しんみりしちゃったじゃないか。もぉ！」

「すまない、すまない。でも、お前はやっぱり芸達者だよ、俺すっかりお前のペースに巻かれて、もうお笑いやめるときが来たかと思っちゃってたよ」

斉木の言葉には、ほっとしたせいか、笑いが混じっていた。

「……それで、次の人って、誰？　早速その人に挨拶に行かなくちゃいけないから」

俺は気が急《せ》いた。

「だけどよ、今度の人は能美さんと違って、ネタ料相当高いらしいぜ。能美さんが苦笑いしながら、そう言ってたぜ」

斉木は、「それでもいいか」と尋ねるように言った。

「そうか、きっとプライドの高い人なんだろうな。もしかしたら、鼻持ちならない人かもな。でも、背に腹はかえられないから、その人のところへ明日にでも行ってみることにしよう」

俺がこう言うと、斉木はにっこりとして、「うん、行ってみよう」と答えた。

高校時代から何度となく癒されてきた、相方の笑顔に触れて、俺の心にやる気が湧いてきた。

第三章

1

次の日、早速、俺と相方は、能美さんに紹介された次の放送作家の仕事場を訪ねた。

そこは、三鷹駅から歩いて十五分の距離にある、雑居ビルの一室だった。床面積のあまりない背の高いビルだった。郵便受けを見ると、五階に俺たちの目指す「武原《たけはら》エンタープライズ」という事務所があった。

古くてせせこましい感じのエレベーターに乗った。

五階で降りると、目の前に事務所の入り口があった。

ドアは自動ではなかったので、手でグイッと引いて開けた。

受付には若い女の人がいた。その人に、名前と来た理由を告げると、彼女は一旦奥へ引っ込んだ。それからまた出てきて、「こちらへどうぞ」と言って、部屋の中へと案内してくれた。

部屋には、複数の人がいる様子だった。

最初に出会った人は男性で、俺たちと同じくらいの年齢に見えた。

その男性に、「失礼します。こんにちは。『夜間金庫』です」と挨拶した。

すると、彼は、「こんにちは。テレビでよく見てますよ」と応えてくれた。

その後「僕はアシスタントをやっている、本橋《もとはし》です。偉大なる武原先生は、あちらのついたての陰にいます」とジョークなのか、真面目なのかわからないような挨拶をした。

本橋という人の声が聞こえたせいだろう。放送作家の武原先生らしき人が「あぁ、『夜間金庫』さん」と、俺たちに呼びかける。

俺たちは声のした方へと進んでいった。

「こっち、こっち。もっとこっちへいらっしゃい。私が、全然偉大なんかじゃない、武原ですよ」

作家自身が「偉大なんかじゃない」とへりくだるようなことを言った。その言葉を聞くと、不思議なもので、俺の緊張は少し和らいだ。(能美さんが言ってたよりも、頭の柔らかい話のわかる人なのかもしれない)と思ったのだ。

俺と斉木は、武原さんの前に出た。

彼は、能美さんと違って無頼漢《ぶらいかん》のような外見を持った人物だった。能美さんは痩せぎすで華奢《きゃしゃ》なからだつきだったが、目の前の作家はがっちりとした体格をしている。

俺は、お笑い芸人らしくにこっと笑いかけてから、自己紹介をした。

「能美先生から武原先生のことを紹介されて、ここまで参りました、『夜間金庫』の久賀と申します。よろしくお願いいたします」

「久賀君は、〝はるばるここまで来た〟って感じで、なかなかいいぞ」

武原さんは剽軽《ひょうきん》なことを言っていた。

俺は少しおかしくなって、笑ってしまった。

斉木も俺に倣《なら》って、ひとしきり笑って見せてから言う。

「『夜間金庫』の斉木と申します。よろしくお願いいたします」

「斉木君も、ちゃんと「夜間金庫の」を付けて自己紹介しているところが丁寧だな。久賀君と斉木君、君たちふたり揃って『夜間金庫』だね。うん、そうなんだね。能美君が言ってた、言ってた。彼、今頃ウイーンで何してるのかねぇ？　なんて、そんなことはこの際どうでもいいけど。今度から私が、君たちのお笑いの脚本を書けばいいんだね？」

武原はおしゃべりな人物のようだ。

「はい、そうなんですが、お願いできますでしょうか」

俺は丁寧な言葉遣いで訊いた。

「うん、いいよ。実は既に一つ書いておいたんだ。これ、早く取りに来たコンビにあげようと思ってね」

「僕たちがいただいちゃってもよろしいんでしょうか」

「うん、かまわないよ。私のものは、基本的には早いもの勝ちなのさ。『大人キュート』がすっかりアカンようになっちゃったから、必然的に『夜間金庫』のものになるって寸法さ」

「『大人キュート』も、武原先生の脚本を舞台で演じてたんですか」

俺は興味を持って訊いた。

武原は正直に答えた。

「前は自分たちで考えてたみたいだったけど、最近は私のものが多かったよ。『よく読んで、自分のものにしてからセリフを言いなさいよ』と、いつも忠告しておいたのに」

彼は、残念だというように言った。

「はぁ、そうですね。しっかりと頭に入れさえすればよかったんですね」

俺は適当に相づちを打っていた。

「『都内サンポ・国分寺編』の脚本も、私が書いたんだよ。それなのに、ズッコケちゃって、どうかしてるよ、『大人キュート』は」

「覚醒剤のせいだ、っていう見方もありますけど……。それとも〝瞬間記憶喪失〟にかかっちゃったんでしょうか」

「ソレ、君、古いギャグだよ。それじゃ、ウケないわ」

「そうなんです。武原先生、こんな具合に久賀の才能は涸《か》れてしまったんです。かわいそうなくらいに涸れきっていまして……」

斉木が、すぐさま俺をフォローしてくれた。

「こんな僕になってしまって、もう何も思いつかないんですよ」

俺も斉木と一緒になって、駄目なことをアピールした。

「そうか、そうか、でも、もう大丈夫だよ。私がついたからには、大船に乗ったつもりでいてくれよな」

武原はニンマリと笑った。自信満々の笑みだった。

「ありがとうございます。心強いお言葉です」

俺は頭を下げた。

「払うものを払ってくれれば、どんどんアイディアを出すよ、私はそういう人間だから」

斉木の顔を見ると、呆気にとられている。呆気にとられた顔が、みるみる赤くなり、嫌だなぁという表情に変わっていく。

俺は、武原の方にはひとまず「はい、わかりました。ありがとうございます」と礼を言った。

それから、無言で、斉木の足を蹴った。

斉木は不意をつかれて、（何するんだよ）という険《けわ》しい顔で俺を見た。

だが、武原は堂々としたものだ。俺たちの軽い（？）騒ぎにはまったく頓着《とんちゃく》せずに、ますます金額について言及してくる。

「じゃ、代金は能美さんのときの三倍出してもらえるかな」

「三倍、ですか」

俺は、「能美さんのときの三倍」と言われて、五万だったら十五万で、十万だったら三十万かと、暗算をしていた。

武原は「当然のことだもんな、驚くことはないはずだよ」という口ぶりで続ける。

「うん、だってもう君たちは十分に売れてるんだもん、そのくらいは出せると思うよ。

売れてないコンビには、もう少し安くするんだけどね。私は鬼でも蛇《じゃ》でもないんだ、決して無理は言ってないつもりだよ」

「……はい」

返事をしてから素早く斉木の顔を見ると、さっきよりももっと嫌な顔をして、突っ立っている。

俺は、彼の足を、また蹴ってやろうかと思った。なぜなら、ここで彼に、「夜間金庫」と武原先生の関係を悪くしてほしくなかったからだ。

だが、すんでのところで思い留まった。二度も蹴ると、今度は俺と斉木の間柄が悪くなるかもしれないと、危惧《きぐ》したからだ。俺たちの仲が悪くなっては、元《もと》も子もなくなってしまう。

2

帰りの中央線の中では、俺たちはふたりともキャップを目深《まぶか》にかぶって、そのつばで顔を隠すようにして、ドア付近に立っていた。お互いの顔も碌《ろく》に見ないくらいでいた。そんなくらいだったから、言葉もまったく交わさなかった。

俺の降りる駅が先に来た。

俺が降りようとしていると、斉木が俺の名前を呼んだ。

振り向くと「俺の家《うち》に来いよ」と言う。

俺は黙ったままでうなずいた。

3

彼のアパートは俺のところよりも高級で、防音設備が整っている。だから、大声で騒いでも隣家に迷惑をかけることはなかった。

外階段で三階までのぼった。

家の中へ入り、ドアを閉めた途端、斉木が怒気《どき》をみなぎらせて俺の方を向いた。

「あの武原ってヤツ、気にくわないな！　俺たちの足元を見てる、って感じでさ！」

俺は彼をなだめた。

「まぁ、まぁ、そうとんがらずに。あの人の脚本の値段は高かったけど、人柄はそれほど悪そうじゃなかったじゃん。俺はそう思ったけどな」

「値段と人柄は反比例する、っていうのか……！？」

「またあのピザ屋さんのＣＭ、取り直そうって話が来てて、だから、お金なら入ってくる当てがあるんだから……」

俺は、彼を励ますように、そして慰めるように言った。

「そうか」

「そうだよ。ラッキーピザは売り上げが伸びたらしいぜ。だから、新しいのを取り直してもっと伸ばしたいって言ってるんだ」

「俺らのおかげだって思ってくれてるのか」

「それはもちろん思ってくれてるよ」

「それは嬉しいな」

「だろ？　それから、洗剤会社からもＣＭの仕事が来てるんだよ」

「嬉しいな……あ、ちょっと待っててくれ」

斉木がキッチンへ行き、コーヒーを淹れて持ってきてくれた。

俺は「サンキュー」と礼を言ってから、カップを取り上げた。

「武原さんとはせっかく出会えたんだから、しばらくは頼っていこうよ。能美さんの紹介なんだから、身元はしっかりしてるし……」

俺は斉木の目を見て、言った。

「それに、あの人、自分の能力に自信があるんだよ」

「そうだな。一見むさくるしくてこんなヤツどうなのかなって思う人に、すごい才能があるのかもしれないよな。わかったよ、お前の言うとおりにするよ」

そう言って、斉木はにこっと笑った。

(やっぱり斉木は斉木らしいな。すぐに元の素直な彼に戻ってくれるもんな。サラリとしていて執念深くないところが最大の魅力だ)

そう思うと、俺の口元は自然とほころびそうになった。

それを気づかれたら照れくさいので、間を置かずに言った。

「買いとってきた武原さんの脚本の読み合わせ、早速やってみようぜ」

このときの俺は、仕事モードになっていた。

「ノッてるな、相変わらず、お前」

相方はにやりとした。

新しいライターの脚本は慎重に読み合わせをしなくては。

俺は、デビューしたての頃こそは天才タイプなどと言われたが、自分で脚本が書けないとわかったときに、努力型だと割り切った。

思えば、田沼さんは、そんな俺を相変わらず天才型だと思い込んでいるのだ。だから、あれほど突っかかってきたのだろう。


俺たちば、それから一時間ばかり、武原さんの書いた脚本を真剣に読み込んだ。それから、さらに一時間、脚本のいいところと悪いところをディベートした。つまり、言いたい放題のことを言い合ったのだ。


一段落すると、斉木が「大人キュート」のことを話題にした。

「この間の『週刊・成り行きまかせ』には、『大人キュート』のことが載ってたよ。『栃木の田舎に帰って、野良仕事をする田沼重秋《しげあき》』ってタイトルでね。写真もでかでかと掲載《けいさい》されてたし」

「へぇ、あの先輩、とうとう田舎に帰っちゃったのか。『愉快だ、面白い』というより『哀れ』だな」

「うん、哀れそのものだよ。ああいうダメ芸人の末路《まつろ》は侘《わ》びしいね」

「ホント、ホント」

俺はどうでもいいよ、あんな芸人、という気持ちで答えていた。

4

「疲れた。ちょっとタイムね」

斉木は座っていたソファをすべり降り、毛足の長いふかふかのカーペットの上に、ごろりと横になった。

俺も真似して、カーペットの上に寝そべった。

「一度このカーペットに寝てみたかったんだ。それが、今日、実現したんだなぁ。嬉しい。いい気持ちだなぁ」

俺は眠気を催していた。

「……今夜の夕食、どうする?」

斉木が訊いた。

「コンビニでおにぎりでも買ってこようか」

俺はうっとりした声で提案する。

「そんなに眠そうで、行ってこられるのか」

「うん、眠いけど……我慢して……」

「冷凍のチキンライスならあるけど」

斉木の声が小さく聞こえた。

「チキンライス……好きだから……それで……いいけど」

俺の言葉は途切れがちになる。

「じゃ、そうしよう。お前は少し寝ろよ」

「うん、ありがと……そう……する」

俺は、眠りの世界へと入っていきそうだった。

だが、その前に、斉木に謝った。

「さっきは……蹴って、ごめん」

「びっくりしたけど、いいよ、もう」

斉木の声が、遠くで聞こえていた。

目が覚めた。

ハッとして起き上がると、テーブルの上に二人分のオムライスが置いてあった。

「わぁ、今夜はごちそうだな」

俺は歓声を上げた。

「ごちそうだなんて、おおげさだよ。冷蔵庫に卵が残ってたから、平たく焼いてチキンライスの上にかぶせてみただけさ」

斉木が言った。

「俺、ちょうど今、卵が食べたかったんだ。嬉しいな」

「お前、寝たら素直になったんじゃない？」

「素直？　寝たら、頭の中がスッキリしたことはしたけど」

「そうか。それじゃ、食べてみてくれ」

俺はオムライスを食べながら、穏やかな気持ちになっていた。

「卵ってエライよね」

普段何げなく食べている卵のことを、口に出して誉めるのは、初めてのことだった。

「どうして」

斉木は訊いた。

「だって、食べる人の気持ちを丸くソフトにしてくれるから」

我ながら（いい答えだな）と思った。

斉木は「へぇ」と感心している。

第三部

第一章

1

俺はしばらくぶりで「満月」ののれんをくぐった。

「こんばんは」と言うと、大将と奥さんは今夜も明るく迎えてくれた。

「ああ、久賀ちゃん、よく来てくれたね」

「久賀さん、いらっしゃい」

いつもの席に着いて、壁を見ると、この間俺の書いた色紙が飾ってあった。

いつもだったら、迷わずに焼き魚定食を注文するところだが、今夜は少しだけ贅沢をしてみようか、という気持ちになっていた。それで、そばに置いてあるお品書きを手に取った。

「カレイの唐揚げと水割り。それから、アンコウの肝をください」

「あいよ」

「大将、『夜間金庫』は洗剤のコマーシャルもやるんですよ。レモンネオっていうのを。また見てください」

「へぇ、そうなんだ。そっちの会社とも契約したんだね」

「はい」

「それ見たら、今度はすぐに洗濯したくなっちゃうんだろうな」

「……」

「きっとそうだよ」

大将は気持ちよさそうに、からだを揺すって笑っていた。

俺は「ふふ」と軽く笑って、アンコウの肝をつつく。

（アンコウの肝なんて、食べるのはいつ以来かな。五年前のお正月のときに、実家でほんの少しだけ食べたんじゃなかったかな）

俺は感傷的な気分になっていた。

ウイスキーの水割りも、からだに染みわたる。

「満月」は、毎回俺をほろりとさせてくれる。

2

大将が話しかけてきた。

「だけど、芸人の世界でも覚醒剤に手を出しちゃう人がいるよね」

「『大人キュート』の田沼のことですね」

「うん、そうそう。ネタ作りが苦しかったのかね」

「どうだかわからないですけど……」

俺は冷たく言った。

「〝留置場の中で一般女性との結婚〟とか言って、一時《いっとき》は華やかそうに見せてたけど、すぐに離婚しちゃったよね。芸能人だからすぐに離婚しちゃうのかな。あ、ごめん、久賀ちゃんも芸能人だったね」

「いいんです。……まったくあの人の生き方には、呆れちゃいましたね。いくら芸能人でも責任感がなさすぎますよ」

「それで、今は、田舎に帰って畑仕事してるっていうんだもんね」

「……どんなに苦しくても、覚醒剤だけには手を出しちゃいけないですね。身の破滅ですよ」

「そうだよな。今頃後悔しながら、畑やってんのかな、田沼って人は」

大将の口調は同情的だった。

「実は『大人キュート』は俺らと同じプロダクションだったんですよ」

俺は、重大な秘密を打ち明けるように、声をひそめて言った。

「へぇ、そうだったんだ。じゃ、覚醒剤で捕まったときは、大騒ぎだったんだろうな」

この秘密に、大将はすごく驚いた様子を見せた。

「まぁまぁの騒ぎだった、ってとこかな？　ま、ワイドショーで連日報道するほどの騒ぎじゃなかったな。少なくとも、俺の目にはそう見えました」

「ふうん」

「むしろこれでよかったんですよ、うちのプロダクションにとっては。新陳代謝できたんですからね。『大人キュート』の席が空いた分、新しいお笑いコンビが入り込む隙ができました」

俺は、冷淡に言い切った。

「そんなもんなのか」

大将は、芸能界の厳しさに思いを巡らせているようだった。

「お待たせしました」

奥さんがカレイの唐揚げを持ってきてくれたので、会話はここで打ち切りになった。それから、小松菜と豚バラ肉の煮浸《にびた》しを取った。前と少しも変わらず、絶品だった。締めには、銀鮭のお茶漬けを頼んだ。銀鮭と三つ葉と白ごまが、ご飯にほどよく合わさっていた。

「ここで食べる料理は、どれもこれもおいしいなぁ」

俺はしみじみと言った。

「そう言ってもらえると、ホントに嬉しいよ」

大将は心の底から嬉しそうに言った。

「もしもですけど、〝この人が選ぶこのお店〟なんてコーナーがあって、僕が載ることになったら、絶対に「満月」を選んじゃいますね」

「そう言ってくれるか。ありがとう」

「僕、もっともっと売れたら、『満月』のことを思いっきり宣伝しますよ」

俺は、そんな日が早く来たらいいなぁ、と思いながら言った。

「気持ちはありがたいけど、無理しなくていいよ。たまにこうして、今日みたいに来てくれたら、それでいいんだから」

奥さんもゆっくりとうなずいていた。

大将の思いやりのある言葉と、奥さんの深い優しさがありがたい。

第二章

1

「日本の話芸・独演会」という番組から、誘いがあった。

俺と斉木は、武原さんにもらった（真実《ほんとう》は、武原さんから高額で買い取った）脚本のものを、この番組で演じたいなと思った。練習は十分に積んでいたので、ほぼ自分たちのお笑いにしてしまっていた。

「日本の話芸・独演会」の収録が終ってから、俺は武原さんと電話で話をしようと思った。

斉木はそばで耳をそばだてている。

スリーコール目で、先方が出た。

「武原エンタープライズです」

受付嬢だ。

2

俺は話し始める。

「あの、僕、『夜間金庫』の久賀ですけれども、武原先生はいらっしゃいますか」

「はい、ちょっとお待ちくださいませ」

少し待っていると、武原さんが出てきた。

「武原ですが……」

「『夜間金庫』の久賀です。実は先生にこの間いただいたお笑いを、『日本の話芸・独演会』という番組でやらせていただきました。オンエアは来週の土曜日です」

「あ、そう。それはよかった」

「それで、今日はそのご報告をしたいと思いまして、こうしてお電話をさしあげているんです」

「わざわざありがとう。君は堅《かた》い人だね、きちんと報告してくれるんだから」

「いえ、そんな……」

「お笑い芸人の君たちがあの独演会に出演できるのは、すごいことなんだよ。お笑いの世界の人たちで選ばれたのは、『夜間金庫』が初めてじゃないのかな？」

「ああ、そうみたいですね。そんなことをチラッと聞きました」

「自信を持って突き進んでいけば、どんどん道は拓《ひら》けるからね。実は、次のお笑いもできてるんだ。私、のんびりしてるように見えるかもしれないけど、せっかちなんだよ。だから、思いついたらパソコンに打ち込んで、すぐに膨《ふく》らませておくことにしてるんだ」

「そうですか。先生のような方の存在は、僕たちお笑い芸人にとっては、本当に心強いです」

「もし、よかったら、ここまで取りにきて。いつでもかまわないから……というよりも、なるべく早くした方がいいな。最近のお笑い芸人たちは、自分で脚本書かないから、他人《ひと》のを取りっこなんだよな」

「はい、わかりました。よその芸人コンビさんに取られないうちに、できるだけ急いで行くようにします」

俺は、こんな言い方をしたら、放送作家にバカにされてしまうかなと思ったが、彼はなぜか愉快そうにしていた。

「『大人キュート』にはもう取られることはないけど、あそこだけがお笑いコンビじゃないからね。ははは」

彼は声高に言い、笑った。

（もしかしたら、この人、『大人キュート』が好きじゃなかったのかな？）

そんなふうに聞こえる笑い声だった。

それを裏付けるように、武原は言った。

「君たち『夜間金庫』には、日本のお笑い界をリードする役目を担《にな》っていってほしいんだ」

俺は半信半疑で聞いていた。

（この先生、本気で言ってるのだろうか）

3

電話を切ると、耳をぴったりとくっつけていた斉木が「ああ」とため息をついて、俺のそばから離れた。

俺は笑いながら言った。

「それがさ、あの先生、本気なのか冗談なかわからないけど、『夜間金庫』には日本のお笑い界をリードしていってもらいたいなんて言うんだよ。この間一回会っただけなのに、なんでそんなに俺たちのことを持ち上げるんだろうな」

斉木も怪訝《けげん》な顔で「なんでかな」とつぶやいたが、「テレビで何度か見てるから、見てるうちに俺らに好感持ってくれてたんじゃないか。そこへ、俺らが訪ねていったから、実物に会ってもっと好きになれた。そんなとこなんじゃないか」と続けた。

俺は言った。

「こんなふうに言ってくれるからには、これからも俺たちのための脚本書いてくれそうだな。ひとまずよかった」

「お前、武原先生に好意持ってるもんな。以心伝心で、相手もお前に好意持ってるんだろうな」

「そういうお前は、好意持てないのか？」

「それほどの、お前ほどの好意はまだ持てないけど、前よりはよくなったよ。今は好きでも嫌いでもないって感じかな」

「そうか。やっぱりお前は今でも能美さん贔屓《びいき》なんだな」

「この俺にとっては、能美さんの人柄が素晴らしすぎんだと思う」

「お前の憧れのタイプか、能美さんみたいなのが」

「うん。俺、あの人みたいになりたいって思ったこともあったもん」

「へぇ、大の大人のお前がそんなこと考えてたんだ」

「うん、照れくさいから言わないでいたけど」

第三章

1

俺のケータイが鳴った。

画面を見ると、「ギンショウ」の尾崎だ。

「はい、尾崎君、どうした？」

ワンコール鳴ったところで、すぐに出た。

「あの、先輩……こんにちは」

尾崎の緊張した声がした。

「ああ、こんにちは」

「僕の『ジェントル監督』のドラマに、主演で出たいというお話ですけど……」

彼は遠慮がちに話し出す。

「ああ、あれね。それで、どうなった？」

「あの、主演は……無理みたいなんですけど……」

「なぁんだ、そうなのか」

俺はがっかりした。

「申し訳ありません。プロデューサーに遠回しに言ってみたんですけれど、やっぱりもう主演をやる人は決まっていたみたいで、僕の意見の入る余地なんかなくて……」

尾崎は謝った。

「楽しみにしてたんだよ」

「すみません」

尾崎は再び謝った。声に、かなりの申し訳なさが表れている。

「ま、どの人にも、どのドラマにも都合ってものがあるだろうから、仕方ないけどね」

「それで……それでですね、もしも先輩が主演じゃなくてもいいと言うのなら、出ていただける役もあるのですが……」

尾崎は恐る恐るといった感じで言う。

「そうか」

俺は少し捌《さば》けた感じで、相づちを打った。

「それで、オーケーしていただけますか」

尾崎は遠慮がちに訊く。

「役柄によるなぁ。脚本を見てから決めさせてくれるかな」

「はい、そうしてください。それで……あのお借りしていた三十万円、お返ししたいと思うんですが」

「もういいの？　こんなに急がなくてもよかったのに」

俺は太っ腹の先輩ぶって言った。

「いいえ、本当に今まですみませんでした」

「いいんだよ、そんなに深刻に考えなくても」

俺はこともなげに言った。

「できたら銀行振り込みにしたいので、口座番号を教えていただけないでしょうか」

「うん、わかった。ちょっと待っててね」

俺はバッグの中から通帳を取り出して、尾崎に通帳のナンバーを教えた。

「相方の斉木に向いてる役っていうのもあるのかな、『ジェントル監督』の中に？」

斉木のためを思って、尋ねた。

「はい、たぶん。たぶんあると思います」

「そうか。それはよかった」

「すぐに脚本を送らせていただきますので、おふたりでよく読んでみてください」

「ありがとう。それで、期限はいつまで取ってくれるのかな？」

「一週間ってところで、どうですか」

「うん、わかった。一週間以内に連絡する。ホントにありがとう」

「いいえ、とんでもないです。こちらこそ、ありがとうございました」

2

次の日、尾崎から脚本が送られてきた。

（できる人間はテキパキしていて、やることが早いな。あいつ、本当は芸人じゃなくて、会社員《サラリーマン》になった方がいいよ）と思いながら、封を切った。

彼からの脚本を、相方とふたりで頭をつき合わせて読んだ。

「どうしようか。今回はやめるって言って、突っぱねてもいいんだけど……」

俺は、相方に訊いた。

「最初なんだから、少し出られればいいことにしようよ。まずは出てみないことには始まらないから」

斉木は素直だった。

彼の言葉に同意できる気もしたので、俺はうなずいた。

彼はにっこりして言った。

「『夜間金庫』は、ちょい役で出させてもらうことにしよう」

承諾の気持ちを伝えるために、俺は尾崎に電話をした。

「……そうですか。わかりました。先輩方に出ていただける役があって、本当によかったです」

尾崎は冷静に言っていた。

俺は前にも増して感心した。

だが、嫉妬する気持ちも生まれてくるので、苦しかった。

尾崎が、さらにきっちりとした口ぶりで言う。

「それから、久賀先輩、今日銀行へ行って、三十万円振り込んできました。ご確認をお願いいたします。今までありがとうございました」

3

「コンビでおんなじ作品に出演できるなんて、すごくいい記念になるな」

斉木は興奮しているのか、はしゃぐように言った。

「お前は素人《しろうと》か？」

俺は突っ込むように言ってみた。

彼はぺろっと舌を出した。その反応が、なぜか愛らしい。

（斉木は、とどのつまりは深い考えのないヤツなんだな）

俺はこう思ったが、これは蔑《さげす》むように思ったわけではなかった。むしろ、彼の心の、よけいな贅肉《ぜいにく》のついていない〈単純《シンプル》さ〉が羨ましかったのだ。

少しずつだが確実に、「夜間金庫」には仕事が増え、忙しくなっていく。目の前の仕事を着実にこなしていこう。

五年後……。いや、そんなに先のことではない。三年くらい後には、押しも押されもしない芸人になっている。俺は、自分の未来に希望を持った。

第四章

1

洗剤のコマーシャルを撮るときが来た。

俺たちふたりは高校生に扮して、ショートコメディをやることになった。

「尾崎のものの前に、ここで俳優デビューかな？」

斉木が楽しそうに言う。

「そういうことになるのかな」

俺は真面目に相づちを打った。

メーカーの宣伝部の人が用意してくれた真新しい制服に袖を通した。俺たちのサイズに合わせて作ってくれたものだったので、からだになじんで動きやすかった。

制服姿を鏡に映して見ると、相方とコンビを組んだときのことを思い出した。あれは、高校二年生で同じクラスになったときのことだった。お互いに化学と物理ができなくて、居残り組に入れられた。できない者同士の親近感が芽生え、急速に仲良くなっていった。

今日の現場でも、教室のセットが作られた。その中に入って、俺たちは役になりきって演じた。……つもりだった。

〝健《すこ》やかな青春の汗に、爽やかな洗剤――レモンネオ〟というキャッチコピーで売り出すことになっていた。

収録が終って、制服を脱ぐときになると、斉木が言った。

「また『ギンショウ』のふたりを誘って食事しないか？」

「……『ギンショウ』と？」

「うん。高校の制服なんて着せられたからなのかな、あいつらと会いたくなっちゃったよ。あいつらも、俺たちと同じに、高校時代にコンビを組んだって言ってたからな。自分たちとだぶって見えちゃうんだ」

「後輩は大切にしなくちゃいけない、っていうことか」

斉木は黙ってうなずいた。

「じゃ、今度はお前が直接尾崎君に電話したらいいじゃないか。きっと、俺がするより喜ぶよ」

俺は相方に、電話をすることを勧めた。

「そうかな」

「絶対そうなんだって。俺にはインスピレーションでわかるんだ」

「俺、尾崎に電話するのは、全然イヤじゃないけど……」

「じゃ、してみろよ」

「うん、してみる」

2

俺は、相方が電話でしゃべりやすいように、少し離れた。

斉木は頻繁に笑い声を立てながら、楽しそうにしゃべっている。

結局切ったのは、かけてから十五分後くらいだった。

「ずいぶん話が弾んでたね。何をそんなに、話すことがあったんだ?」

「うん、尾崎ってすごく話しやすいヤツだよ。見直しちゃった。俺に慣れてきたってこともあるかもしれないけどね」

「ふうん。でも、これから会食するんだから、電話じゃなくて、会って話せばいいじゃないか」

「それはそうだけど、話がスルスル進んじゃって、切れなくなっちゃったんだ」

「つまり、尾崎っていうのは、お笑い芸人にかなり向いてるってことだな」

「そうそう」

「だけど、最近はお笑いはやらずに、もっぱら脚本やら小説やら、ばかり書いてるって噂だけどな。ホントにいい気なもんだぜ」

俺の言葉は、次第にとげとげしくなっていった。

「気が向いたら、またお笑いやるんじゃゃないの？」

斉木の口調は、投げやりな感じに聞こえた。

俺は斉木の言い方に腹が立った。

「お笑いを、片手間にやるのか。それじゃ、真剣にやってる芸人に対して失礼だろ」

「例えば、お前とかに、か？」

「お前にもだよ。なんで、自分を勘定に入れないんだ？」

「まぁ、そうだな。でも、樋村の方もだよ。大学生やりながらだから、片手間ってことになるんだろうな」

「……あのふたり組はまったくどうかしてるよ」

俺は苦々《にがにが》しい気持ちで、つぶやいた。

エピローグ

「夜間金庫」が「ギンショウ」と会食したことは、「週刊・ウエーブ」が大きく取り上げてくれた。

『後輩芸人を大事にする『夜間金庫』の久賀と斉木』というタイトルで、写真が載った。

「わぁ、なんでも俺たちのプラスに効いてるよ」

「売れてくるとこんなものだな」

俺たちが喜んでいると、斉木のケータイに「ギンショウ」の尾崎からお礼の電話がかかってきた。

斉木はまた長話をするのかなと思って、見ていると、そうではなくてこんなことを言っていた。

「尾崎君、君の方からの電話でばかりしゃべっちゃ、電話代がかかって大変だろうから、俺の方からかけ直すよ。……いいから、いいから、そんなに気を遣わないで」

斉木はそう言って一旦切り、自分のケータイからかけ直している。

「斉木って鷹揚《おうよう》で親切なんだな」

俺はそんな彼を眺めていた。


三十分くらいしゃべると、斉木はやっと電話を終りにした。

俺は、待ってましたとばかりに、話しかけた。

「ずいぶん長くしゃべっていたけど、尾崎君、何て言ってた？」

「『夜間金庫の先輩方のおかげで、週刊・ウエーブに載ることができました。僕たちギンショウのいい宣伝になります。僕たち、ああいう売れてる週刊紙に載ってみたかったんです』って言ってたよ。これって、〝原文のママ〟だよ」

（そうか。あいつらが喜んでくれて、よかった。遠回しには、後輩を育てることにつながるんだろうな）

俺は口には出さずに、心の中でだけ思っていた。


「これからも、〈情けは他人《ひと》のためならず〉の精神でいくのがいいと思うな。お前は、尾崎君のことを結構羨ましく思ってるようだけど、ねたみに変わっていかないようにして……」

こう言う相方の表情は、俺に、「もっと広い心を持てよ」と言っているように見える。
そんな顔で見られるのは、俺としては釈然としないが、（ここは一応同意しておこう）と思い、曖昧《あいまい》にうなずいた。

END

解説

A文学会　編集室

彼らはいつから「お笑い芸人」と呼ばれるようになったのだろう。以前はそのスタイルに合わせて「漫才師」「コメディアン」「喜劇役者」などと分類されていたはずだ。最近はその枠を超えていろいろ演じるので、総称として「お笑い芸人」となったのだろうか。古い人間にとっては違和感のある呼称だが、その軽薄な語感とは裏腹に、彼らの芸人としての地位および人気度は非常に高くなった。昔は「いろもの」今は「スター」だ。なんせ若い女子がキャーキャーと叫びながら劇場に押し寄せているし、テレビをつければ毎日必ず彼らを中心に据えた番組が見られる。もはや決して添え物ではない。立派なメインディッシュと言っても差し支えないだろう。私はこの風潮を嘆いているわけではない。「お笑い芸人」という呼び方に馴染めないだけで、「笑い」が身近になったことは、むしろ喜ばしいものだと捉えている。「笑う門には福来る」というように、笑うことは心身にとてもいい影響を与えるからだ。特に世界中に苛立ちの空気が蔓延している今こそ、私たちには笑いが必要だ。おそらく自分たちが考えている以上に。

さりとて人を笑わせるのは、それほど簡単なことではない。そこには少なくとも笑うに足るだけの共通認識が必要だ。一方的に会心のジョークを発しても、当の相手が何について話されているのかまったくわからなければ、そこに生まれるのは真空のごとき沈黙と、見知らぬベッドで目覚めたような気まずさだけだ。笑いに到達するはるか手前に着地してしまう。そうなったらテレマークを決めても得点は伸びないし、ジャンプ台に戻る気力すら失せてしまう。呆然としている間に、精悍な顔をしたおっさんがK点越えの大ジャンプを決めて、カメラに向かって「レイチェルー！」と叫ぶ光景を、ポカンと口を開けて眺めるという事態になってしまう。……ほらね、笑えないでしょう。

たった今、身を以て示したように、誰かを笑わせるのは結構難しいことなのだ。世のお笑い芸人たちも簡単に笑いをとれるわけではない。常にアンテナを張って情報を収集し、それを選り分け、組合せを試し、時には風雨に晒したり、発酵させたりして、それを「ネタ」という花火に仕込んでいく。さあこれで「ネタ」はできたが、花火が打ち上げてなんぼであるように、「ネタ」も演じなければただの紙切れである。花火の打ち上げは、ただ導火線に火を点ければいいというものではない。天候や風向き、打ち上げる方向などを慎重に見定めドカンといく。同様に芸人も客層を見極め、客席の温度を測り、場の雰囲気を把握してドカンといく。花火はうまく上がれば、夜空に巨大な光の花を咲かせる。ネタはうまくはまれば、客席に爆笑の花を咲かせる。

しかし、常にうまくいくというわけではない。突風に煽られてあらぬ方向に飛び去ってしまう花火もあれば、クスリとも笑いの起きないネタもある。そこに待っているのは真空のごとき沈黙と……繰り返しになるので以下省略。

長々と前説を書いてしまったが、本書に収録されている二編（尾崎厚・著『回復』を除く）は、どちらも華やかな舞台の裏で自らの生き方を模索する芸人たちの物語である。俳優への転身を画策する者、演じる側からシナリオを書く側へとシフトする者、そして自分を高めるために大学で学ぶ決心をする者。それぞれに方法は違えど、共通しているのは明日をも知れない人気商売のプレッシャーなのだろう。

「売れている」というのは状態であって、何か確固たる型があるわけではない。いきなり仕事が来なくなることもあり得る。それは明日なのかもしれない。もしそんな事態になったらどうするか。無理して飲食店を始めた先輩芸人は、だいたい無残に失敗しているし、かといっていきなり花火職人になれるわけでもない。そうした不安はほとんどの芸人が共有しているのではなかろうか。

これまでは、お笑いから離れて役者をしたり本を出版したりという芸人さんには、あまり好感をもっていなかったが、本書を読んで少し考えが変わった。芸人さんに「壮絶な人生」や「非業の最期」といった破滅的なイメージを求めるのは、こちらの身勝手にすぎないし、それこそアナクロニズムというものだ。今は良い意味で普通の人が芸人になる時代だ。なにしろ芸人を養成する学校まであるのだ。弟子入りして丁稚奉公など今は昔の物話。だとすれば仕事の幅を広げて、収入の安定化やキャリアアップを望むのは、むしろ当然の流れなのだろう。

特に本書に登場する芸人さんは、基本的にまじめでいい人たちなので、思わず応援したくなる。シナリオライターでも俳優でもいいから、とにかくがんばれと。お笑い芸人のマインドを忘れなければ、きっといい仕事ができるだろう。なにしろ人を笑わせるなんて難しいことを、仕事としてやってきた強者なのだから。

もちろん本当は笑いを極めてほしい。できれば時の権力者を痛烈に批判するような、鋭く研ぎ澄まされた笑いを。でも今の日本でそれをしたら、ＴＶには出られなくなるけどね。

著者プロフィール

青木　恵（筆名　松坂　ありさ）

横浜市生まれ。
東村山在住。
神奈川県立相模原高校卒業。
白百合女子大学　国語国文学科卒業。
2010年1月『木洩れ日』、2012年5月『延長十五回』、
2013年10月『ファールフライ』（日本文学館）
2014年11月『校長室』筆名：松坂ありさ（A文学会）

初心、忘るべからず

2015年5月1日　第1刷発行

著　者　青木　恵
出版者　A文学会
発行所　A文学会
〒107-0052　東京港区赤坂3-21-5-3F
〒181-0015　東京都三鷹市大沢1-17-3（編集・販売）
電話050-3414-4568（販売）FAX 0422-31-8164
E-mail：info@abungakukai.com
印刷所　有限会社ニシダ印刷製本　銀河書籍

ISBN978-4-9907904-1-7